W0330497

Reste l'été

Du même auteur

Dachau Arbamafra, Les doigts dans la prose, 2012.

© Flammarion, 2012.
ISBN : 978-2-0812-8668-9

Nicolas Le Golvan

Reste l'été

roman

Flammarion

À ma femme

1. Jour de gloire

On n'avait rien que nos quarante ans, un seau et une pelle, des enfants en bas âge. On n'avait rien de particulier en mire sinon de revenir le lendemain, ici même, aux creux qu'auraient laissés nos fesses dans le sable humide, aux traces à peine perceptibles des anciennes douves du château fort, la marée ayant fait son œuvre de léchage, à moins qu'il n'en retourne d'une lessive plus profonde. Quarante ans ! Qu'est-ce qu'on aurait dû pressentir ? Le sable se laissait docilement caresser d'un revers de doigts, un duvet californien, la plage comme un jeune chien sur lequel on allongeait nos ventres.

On n'avait pas pris la route mais la plage, débarquant à contresens des héros par les sentiers de baigneurs, chacun gisant sur son carré de propriété nue, bornée par une glacière trop lourde, trois ou quatre serviettes et un semis de jouets en plastique. On suivait des yeux les baigneurs : ce désir d'enfants trop longtemps ajourné, ces enfants qui nous verraient bientôt vieillir, nos propres enfants coiffés de vagues et d'aventures, marqués à notre odeur à grands tubes de crème solaire. Des enfants, des rêves.

Alors on avait pour nous le sable qui se conformerait toujours à l'inertie de nos fesses et qui toujours laisserait nos doigts s'y enfoncer sans résistance. On avait simplement confondu la destination et le destin, prenant les points des cartes pour des accomplissements. On avait troqué nos enfances qui fouissent contre de longues après-midi sèches, au même point cardinal. On avait fini par faire nos propres enfants pour se convaincre de leur ressembler encore et partager sincèrement leurs jeux.

Alors, dans l'immense disponibilité des jours, on avait choisi de s'asseoir sur la plage.

Au dernier jour de juillet, j'ai basculé mon vélo sans antivol au lieu dit, j'ai desserré mes lacets. Mylène et les enfants sont déjà partis à la poursuite de la mer qui remonte pourtant. Ils ne savent rien de mes heures sans eux où, seul, je contemple les assauts et le reflux de l'océan, depuis mon arrière-poste, des après-midi où je ne m'inquiète pas de les voir revenir bientôt. Je reconnais assez vite leur allure d'échassiers malhabiles contournant les bronzeurs, encroûtés de sable. Dès que je les sens qui s'épuisent un peu dans les vagues, il me vient toujours une terreur enfantine à l'annonce de leur retour sur la plage, comme autant d'animaux qui s'approchent pour s'ébrouer. Les enfants se collent à moi encore ruisselants ; je les repousse sans trop de gentillesse, jusqu'à ce que Mylène nous rejoigne. Car ils compliquent tout et chassent sous un grésil de sable le monde paisible où je m'étais retranché : la serviette de plage enfouie par les coins, le roman japonais obèse où je repose mon regard, à demi au qui-vive d'un événement périphérique, distrait du livre autant que du voisinage, des enfants et finalement de moi-même.

— Papa, ma serviette est encore mouillée !

Je me laisse dépouiller. Louis grelotte sous mon drap de bain tandis que Rose détruit méthodiquement le château avec le manche de la petite pelle. Elle saccage dans les rires et fait voler sur nos têtes des grêlons de sable humide. Ôtez-lui ses deux ans, cela s'appelle la barbarie. Je chausse mes lunettes pour un peu de protection. J'ai toujours une mauvaise pensée à cacher.

— On remet son chapeau et vite !

Mylène s'allonge maintenant à même le sable, tout contre moi et c'est une contagion de chair de poule. Avec l'été, elle ressort notre jeu de plage à nous, un peau-contre-peau que le sable de l'île n'a jamais su user. Il lui suffit d'attendre mes premiers grognements, presque des menaces. Elle se grise déjà de lever une révolte spectaculaire avec ce rien d'elle : trois gouttes trop fraîches, un rien de sel, huit degrés d'écart de l'eau à la plage. Oui, chaque nouvel été en Ré, elle rit de son mâle vieillissant, un vieux précoce. Mais cette fois je ne dis rien. Elle sent déjà toute l'aigreur dont grésilleront nos jours à deux, arrivés à la vieillesse, au terme de notre couple. Le sable de Bois-Plage m'enlise toujours un peu lorsque revient juillet ; à elle de m'en déloger. Une fois de plus, elle me surprendra à compter les jours, à trier mes ruminations, assis sur mes principes de mari chevaleresque, mes promesses d'amant timide, si ému autrefois du cadeau qu'elle m'avait fait de son corps et d'un sourire pour chaque matin, son énergie enfantine en dot, un trésor de vitalité dont elle nourrissait mes manques. Je pourrais finir par me laisser faire et me rouler soudain sur elle, un sourire, enfonçant dans le sable le livre sous nos fesses. Ensemble, sous le regard de faïence de Rose. L'après-midi s'apaiserait alors, les enfants auraient droit à une histoire pour tromper la fatigue du retour. Un été reconquis car un sourire, c'est déjà renaître.

Seulement, aujourd'hui sa peau me mange ; elle est une douleur absurde. C'est comme avaler du sable par poignées. Mon corps ne tressaille plus au contact de Mylène qui attend, s'interroge. Le courage des questions ne me manque pas mais je sens combien il me pèse. Alors je fixe le firmament et la lumière de juillet qui change tout, depuis bientôt deux semaines. En surplomb de nos têtes, le ciel de Ré comme un précipité de javel.

Les enfants croquent dans leurs sablés pour tuer le temps de séchage. Lorsque leur corps sera un peu moins bleu, Mylène les lancera à nouveau vers le large, la vase meuble, l'aspiration des courants et je ferai en sorte de distraire mes peurs. Ma serviette est une peau vrillée qui moisit maintenant dans les douves effondrées. Je convertis mon bouquin en siège, un trône littéraire pour un plagiste déchu, et parcours mon royaume.

Ils sont là ceux d'hier, également méticuleux, ralentis, intemporels. Aucune mode n'a cours sur la plage : les maillots simples, les chairs, les glacières vert olive n'avouent rien de l'époque, rien qui fasse date. Sur l'île, les plastiques virent et ternissent en quelques jours. Sur le sable de Bois-Plage, ils sont éternellement là, ceux d'hier. Toute distance respectable ; assez loin pour laisser les conversations se chiffonner dans les bourrasques, assez près pour que chaque détail demeure à portée, quoique hors d'atteinte. Alors chaque détail compte. Chacun se tient, comme le sable se tient et fait masse sous nos pieds, bizarrement.

Une famille abandonne les lieux à ma gauche et soulage l'horizon de quatre parasols. Ceux-là ne sont pas des résidents. On le remarque tout de suite, à la débauche de pliants, la cartouche de cigarettes, le tatouage qui vire. Je retrouve alors une présence familière, comme un dû. Elle se dévêt avec efforts sous la serviette qu'elle a nouée au-dessus de sa poitrine et réajuste sa visière blanche. Pour un temps, elle se rétracte en chrysalide et prépare son corps aux regards. Je me surprends à tout imaginer d'elle, elle qui ne veut pas se lever, elle qui veille le corps incroyable de son mari : une coque rouge tel un factice. Elle ne lui adresse jamais un regard, aucune attention ; un peu de crème le soulagerait, vraiment. Non, elle se dévêt au zénith puis se revêt probablement au déclin du soleil, sans autre compagnie que ce corps sans visage. Lui, je ne l'ai jamais vu se relever, esquisser un geste, respirer. Deux semaines bientôt qu'il reste à plat sur le ventre, les bras tendus au-dessus du crâne face à la mer, les jambes à peine fléchies. Un acharnement est à l'œuvre.

Rose et Louis abandonnent le camp pour suivre leur mère dont le corps se fond à l'eau, immensément.

Ils écrasent les serviettes, le paquet de biscuits ; rien n'arrêterait l'urgence qu'ils ont de vivre. Personne. Leurs empreintes se chevauchent avant de se perdre.

Je me sens inscrit dans le sable de Ré. Je suis un fossile vivant qui a grandi là ; la cabane de famille, Le Bois-Plage, la plage. Rue des Sables, rue des Trois-Oranges, les Pingettes ou l'avenue de la Plage : la maison de vacances se décline en définitive dans des trajets inlassables, de la chambre au salon, de la terrasse à la place, de la place à la plage et de la plage au jardin qu'on a fini par ensabler de tant d'allées et venues, des années de seaux mal rincés, avec nos serviettes qui se vident continuellement, du sable partout dans les plis de nos vêtements, dans nos chaussures et nos cheveux, les ongles des enfants. Les carreaux de ciment du salon tous sablés.

Tant qu'a duré l'enfance, je destinais mes projets les plus radicaux à l'été. J'attendais que les saisons basculent en dominos. Tout ce qui, à l'école, dans un mot de ma mère ou simplement dans ce que l'air de ma chambre déchargeait d'angoisse, tout ce qui méritait une réponse forte, je le portais au ventre l'hiver durant, en gestation sourde jusqu'à Ré, en juillet : ma délivrance. Aux trois quarts nu, j'enfouissais mon corps dans des monticules aux formes terrifiantes que j'avais modelées des heures durant ou bien j'alignais patiemment des silhouettes de sable humide que je finissais par démolir à coups de poing. Tout pouvait s'inventer contre la mer, tout se rejouait à blanc et se résolvait à mon avantage, à ma gloire de gamin héroïque. Lorsque nous rentrions vers les dix-huit heures, je portais mes vêtements en boule dans mon seau de plastique, m'appuyant sur le manche du parasol, fourbu de toutes ces vies extirpées de moi mais en paix. Un héritage, une mère flamboyante, une sœur mieux qu'une mère, un père comme un nomade osaient une existence sur le sable. Je sentais confusément que mes jeux solitaires et bruyants réveillaient plus qu'un tumulte épique, ils me ramenaient à la dignité de la vie, moi, cet enfant qu'on surveillait à peine. Maman lisait des polars aux jaquettes terribles et ma sœur tâchait de l'imiter. Plus les années passaient et plus pesante était l'attente de l'été. Aujourd'hui, c'est bien l'été que je redoute, l'été qui nous a déjà pris. Comme chaque année, Mylène et moi nous sommes pressés de rejoindre l'île pour nous y retrouver, laisser agir le charme. Je ne sens plus rien.

En juillet donc, je rechausse mes classiques : la côte de la petite dune, les pneus dégonflés, l'antivol qu'on a cessé de perdre... J'ai couché cinq générations de vélos sur ce sable. J'y ai beaucoup dormi et peu lu en définitive. J'y ai conçu mon fils et puis, chaque jour, je redresse les murs du même château, ceint de fossés inépuisables. Moi, l'architecte automatique, le Sisyphe en bermuda, empâté un peu, je creuse mon trou de tortue.

Le château refait, j'abandonne sur place mon seau lilliputien, le petit râteau, la pelle de fillette et je rejoins la serviette que j'époussette, le polo roulé en guise d'appui-nuque. Je rabats mon chapeau mou d'aventurier, celui de toutes les photos de voyage où je pose devant les merveilles du monde. Les enfants sont toujours au bain et poussent des cris que j'entends. Mylène les a comme abandonnés à ma seule vigilance tandis qu'elle se rapproche de moi. La femme à la visière a ouvert son parasol à franges, pour elle seule. Je garde les sacs.

— Tu ne veux toujours pas te baigner ?

Mylène a la patience de la mer, qui revient sans relâche chatouiller les orteils, qui promet tout un monde de griseries et d'enchantements auquel j'ai déjà tourné le dos : je n'y crois plus.

J'avais pourtant acquiescé à tous les rêves de Mylène, à l'origine. J'avais gardé ce secret de toujours approuver ses envies, de leur ouvrir l'espace d'un possible oui. Donner l'espoir, même des dates à six mois, un an tout au plus ou après ces saloperies d'imprévus, les travaux de ravalement, dès que le budget reviendra en bonne fortune, que mon dos ira mieux, mes maux de tête, le soleil, oui bien sûr, tout refaire dans le salon, dépoussiérer nos soirées, sortir, rire au spectacle, voyager surtout : « Tu m'emmèneras aux Galápagos ? Dis-moi oui ! » Comme à chaque fois, j'avais dû mordre dans ma biscotte en plissant les yeux ou poser un baiser chaste sur ses lèvres, la serrer, la broyer ou éteindre la lampe de chevet car j'avais furieusement envie d'elle.

Les rêves de Mylène m'emmènent partout où palpite la vie et je me suis contenté de la combler dans mon acceptation floue ; oui, sincèrement, mais à contre-courant. À Mylène ensuite de tout accomplir, de réserver pour deux. J'ai toujours été ce suiveur qui aura pourtant passé sa vie à cracher sur les guides. Elle ne s'est jamais lassée, du moins je n'ai rien vu, sur presque la moitié de nos vies.

Aujourd'hui je ne vibre plus tant et chaque projet de départ me fait réellement peur. Nos albums ventrus me suffisent. Mes talons s'enfoncent machinalement dans le sable. Je n'y arrive plus. Mylène n'attend aucune réponse de ma part ; elle sait que je ne viendrai pas me baigner. Elle reste cependant debout face à moi en contre-jour et joue avec l'ombre que sa silhouette porte sur mon visage.

— Viens donc, les enfants n'attendent que ça.

La mer. Elle est lointaine et froide, et il faudrait tout quitter et me soustraire à l'anonymat des corps échoués et exister en vrai, sous le regard peut-être de la femme à la visière. Elle vient d'ouvrir *La Consolante.*

— Mais qu'est-ce qu'on fait des sacs ?

— Il n'y a que des couches !

— Et les clés ?

— On enjambera les fenêtres.

Une conversation s'installe sur le sable. J'aperçois encore un peu Rose, je coupe court.

— Écoute, même en Méditerranée, l'eau me glace les os. Et puis, on ne va pas tarder, non ?

Elle est ma femme qui me tourne maintenant les fesses, à hauteur de vue, ma femme que je mate au plus intime en usufruitier distrait, que mes mots pénètrent sans que je n'en mesure plus l'empreinte, que mes mains fouillent comme elle fouille son sac. Ma femme qui parle.

— De toute façon, Julie et Bertrand nous rejoignent tout à l'heure… J'irai me baigner avec eux.

Mylène est fuyante. Ils sont loin les ultimatums et les cris et les longues confrontations qui nous tenaient du soir au lendemain. Les mots ont épuisé leurs forces et ne valent plus qu'on en dise un de trop. Julie et Bertrand arrivent bientôt donc. Depuis presque dix ans, ils se glissent dans nos derniers jours de vacances, comme au temps où ils prenaient notre suite à la cabane. On la leur prêtait volontiers. Trois jours de promiscuité joyeuse, un matelas gonflable dans le salon. Comme attendu, Julie aura des cadeaux incroyables pour les enfants, Bertrand une bouteille entre chaque doigt.

Nous voilà définitivement piégés sur la plage. Je cherche n'importe quoi pour échapper à l'obligation de les attendre, sans espoir. Y avait-il autre chose à faire… Mylène rejoint les enfants sains et saufs. Je la regarde, au premier plan de tout ce monde, pour moi seul. L'amour est encore puissant, enveloppant, sonore et odorant, mais loin comme la marée, qui revient encore. Elle ne me le dirait pas autrement ; je ne comprends plus d'elle que le langage du corps. Dans nos heurts anciens, ces nuits grises à regarder les murs pendant que Mylène ne comprenait pas mon silence, j'ai dû perdre beaucoup de mes facultés.

Après vingt ans, s'expliquer c'est se détruire un peu plus.

Il faut rendre grâce au grand ordonnateur de Ré qui a façonné l'île pour les vélos. Les messieurs s'y dépaysent ; on a toujours un paquetage à sangler, des remorques pour les petits, un panier avant en fer pour le marché, une pompe, toute une logistique qui étouffe la triste réalité qu'on rentre, que la maison est trop petite pour qu'on y loge à deux familles. Il aurait fallu l'entretenir ; c'est un sacré capital, même en l'état. Il a déjà été question de la vendre, bien avant même la mort de maman. Depuis toujours en fait. Armelle est décidée. Ses filles ont déserté les étés cyclistes et elle ne revient ici que pour l'intendance, un ménage de fond, recharger les placards de mes gâteaux préférés. Ma sœur refuse de laisser la cabane devenir un caveau de famille ; elle aère constamment. Moi je laisse pourrir.

Dans notre lopin d'île reposent sans doute des parterres de chiens sous les roses trémières, des secrets de famille plein le jardin, nos aïeux en costume indigène dans les cadres. Il y a longtemps qu'on n'y meurt plus, pas plus qu'on y vit : la maison est un gué où poser ses sacs, allonger son corps et oublier ses lunettes. On consolide à peine l'usure. La précarité des moyens et les bonnes volontés ne dissimulent plus les accidents du temps et la mesquinerie finit par tenir les lieux. Pour seulement rester, il faudrait s'aveugler devant l'évidence : la boule de sparadrap étouffe la fuite du flexible de douche, une boulette de papier attend le plaquiste à l'emplacement de l'ancien porte-savon, un livre cale le pied amputé de l'armoire normande. C'est ça une maison de famille, le lieu de nos défaites et de nos petites lâchetés, notre tiers-monde intime. C'est pourtant là que je reprends possession de moi, chaque été, en faisant abstraction de Mylène et des enfants pour qui ce musée familial ne raconte pas grand-chose au-delà d'une génération. Quant à moi, si le temps ne manquait pas malgré l'oisiveté de nos journées, je pourrais écouter ici la vie dévider ses faillites rien moins que sur deux cent cinquante ans.

Maintenant que la mer est à portée, il faut rentrer. Voilà l'absurdité parfaite de nos journées d'été. Nos amis restent dîner. Que refuser à Julie et Bertrand qui nous précèdent en tout, que rien ne retient sur la plage, pas même un livre, pas même le vent qui chasse leurs serviettes ? Ils sont éternellement de passage, même la cabane et son charme défait ne savent plus arrêter leur course. Ils ont trouvé mieux, ils changent de location chaque année. Ils sont comme les enfants, vite au bain, troussés par la nécessité de jouir. Ils sont d'une autre espèce. Bertrand me sourit gentiment et s'inquiète encore avec sincérité. Que je siège sans motif sur mon livre, que je veille à demi nu sur quelques sandales, un cabas, un paquet de gâteaux éventré et que je ne puisse donc même pas lire lui semble être une douleur insoutenable. Non, la fraîcheur des vagues ne m'émeut pas. À mi-corps, Julie tâche de sourire, je devine qu'elle parle de moi à Mylène. Je regarde leurs poitrines sans préférence ni vergogne ; l'été a ses franchises. Tous les trois se dépensent dans les allers et retours de l'eau au sable puis du sable à l'eau, confusément.

Nous rentrons enfin. Je relève mon vélo ; on laisse à Louis une avance considérable, Rose s'est endormie dans le siège arrière, sa tête ne demande qu'à tomber. Chacun pédale pour soi, détaché du monde derrière ses lunettes. C'est la mine obligée du cycliste de Ré dans ses embouteillages. Il reproduit en sandales les bouchons qu'il est venu fuir. Mais c'est chouette le vélo ; chacun se le répète à l'apéritif. On serait presque indigène si l'on avait tout quitté, si l'on n'avait pas à tout reprendre de notre ancienne pesanteur une fois les vacances finies. Tout à reprendre.

Nous traversons la place des manèges auxquels plus personne ne tente de résister. Les cafés offrent une pause pendant que les enfants tournent avec le reliquat des jetons d'Armelle. Elle en achète des pleins sacs qu'elle laisse à disposition dans un bocal ventru sur la console du salon. Chacun se sert, ça distrait bien mieux qu'un poisson rouge.

On règle le pineau ; les trente centimes finiront d'évidence dans la poche de la serveuse. La fille a tout juste répondu, c'est elle qui fait de nous des colons.

Les enfants finissent de se noircir les lèvres et les orteils dans la poussière du jardin. J'entrepose vaguement les vélos les uns sur les autres contre le muret sans portillon. En juillet, tout peut se contenter d'un équilibre sommaire, personne n'est trop regardant sur la solidité des choses, puisque nos journées distendues refusent d'en finir. Les vélos, les amis, Mylène qui cherche un tire-bouchon de secours dans les réserves d'Armelle ; la cabane fredonne à nouveau son vieux patois, toutes fenêtres ouvertes depuis le matin. C'est l'heure où on commence à sortir les chiens qui pissent, les anecdotes d'apéritif, les fantômes juste après.

Le dîner attend que quelqu'un s'y mette. Julie et Bertrand repassent d'abord à La Flotte pour se changer. Ils se chargent du dessert : l'univers se soulage alors d'un poids. Je m'ouvre une boisson tiède assis sur le rebord de la fenêtre. Il faudra signaler à Armelle que le frigo tire sur sa fin.

Mylène peut consacrer un petit moment à jouer avec les enfants. Il est question d'anneaux de couleurs, de lancers et de piques. Louis s'applique tandis que Rose anéantit les règles, les distances et cette délimitation creusée dans le sol desséché. Elle va, elle rue ; c'est l'efficacité pure, la liberté d'agir sans aucun frein moral. Sa détermination d'enfant est phénoménale et me fascine. Rose usurpe toutes les victoires et s'en convainc avec la même puissance. Puis elle tourne sur elle-même et entame une gigue assez grotesque, couronnée d'un anneau bleu ; on la suivrait presque. Mylène applaudit tandis que Louis proteste dans les rires.

— Rose ! Tu ne triches pas, chérie !

Voilà. Cela m'a échappé et leur jeu demeure en suspens. Il a fini par s'agacer, le bourru de la terrasse. Il ne pouvait pas terminer son panaché sans pousser un râle, le redresseur de torts. Papa est un moraliste qui éructe, ses réflexes d'arbitre le dépassent ; il ne se maîtrise plus. Ne serais-je que ce spectateur gueulard ? Sous leurs trois regards affreusement unis, ma canette me fait horreur.

— Oui, pardon… Vous vous débrouillez très bien sans moi…

Assurément. Comme le vent s'épuise, une parenthèse gonfle sur la terrasse, une heure absolument vide : l'été dans sa bulle ! Je regarde Mylène qui s'active à présent entre la cuisine et le coffre de la voiture : il restait deux cartons scellés à décharger, avec interdiction d'y mettre les pattes. Je ne pousse jamais plus loin lorsqu'il s'agit du poids des secrets. Elle ne se défait plus de sa robe de plage. Elle est loin de son travail ; le cabinet d'avocats appelle mais le téléphone semble avoir été oublié au fond d'un sac à provisions, entre le lait et le cacao en poudre.

Mylène et moi ne nous parlons plus qu'à pièce interposée, un univers de cloisons métaphoriques qui ne nous fait plus honte. Elle retourne de nouveau en bas pendant que coule l'eau du bain. Dehors, Rose et Louis doivent être méconnaissables. En temps normal, j'aurais déjà rincé mon monde, sans ménagement. Durant les vacances néanmoins, de l'eau à l'eau, les enfants changent radicalement d'espèce et ne m'en révèlent que mieux leur étrangeté. Je me contente de les observer en naturaliste. Je monte à l'étage m'allonger sur le lit de la chambre dite « des parents », le lit des heures nuptiales ou parturientes, le lit des douleurs emportées dans la nuit. Dans ce laps d'innocence arraché au mois de juillet, nous nous couchons chaque nuit sur ce centenaire qui craque, un héritage de mes souches rétaises ; trop de monde pour un lit.

Dans les chambres de villégiature, les nudités se suivent et s'enroulent sur les mauvais matelas qui roussissent aux contours des corps. À chaque installation, Mylène et moi avons relu sur la toile à rayures roses la vérité des couples, l'inertie et le mouvement, leur transpiration, leur respiration presque. Les nuques, les goitres, les bassins, sur des générations, ce lit à nu raconte sans pudeur l'été des hommes, ce qui attire puis repousse les corps.

Nous n'éprouvons plus les premières gênes qui nous faisaient jadis border précipitamment ce lit de partage et promettre de tout changer l'été suivant. Vite il nous fallait couvrir la révélation de l'intime avec nos propres draps. Cette année plus encore, nous nous sommes même surpris l'un l'autre à parcourir longuement les auréoles et les points d'intersection brunâtres du matelas, avec bienveillance, chacun à une extrémité du drap-housse, de part et d'autre du lit, chacun pour soi. Nous avons vieilli ; nous y sommes-nous retrouvés ou simplement perdus… Quarante ans, plus grand-chose des corps ne nous rebute. Je crois reconnaître enfin celui de Mylène pour ce qu'il est : un mouvement insaisissable.

Le premier soir où j'ai fait l'amour à Mylène, c'était ici, dans cette chambre en Ré, sur le lit vieux, couchés sur le drap, les ressorts, le sommier, les tomettes et les fondations, sur le sable tout de même. Je n'en ai presque rien gardé, j'ai abandonné cette perle de notre intimité au tas de coquilles vides et d'étoiles de mer qui rassissent dans la malle en osier du salon. C'est horrible d'injustice mais j'ai réduit ce moment à une affaire de pieds. C'est bien ça, des pieds qui redécouvrent leur antique faculté de préhension, de pression et d'entremêlement. Un rêve de main et un pelotage simiesque. Nous avons débuté l'amour par le commencement, en australopithèques qui s'épouillent avant l'accouplement, lequel n'a rien fait de plus en trois millions d'années.

Nous nous étions retrouvés simplement nus dans la chambre de l'étage, après une journée continue sur la plage. Passé le pont, nous avions filé directement à la mer, nos deux sacs de sport dans le coffre de la Renault 5, sur le parking derrière la dune. Nous avions été pris d'une faim irrationnelle de lumière, de ruissellements, tout en précipitation. Nous avions laissé nos vêtements s'éparpiller derrière nous pour courir à l'eau, droit vers le large. C'est la houle que nous voulions sentir nous soulever sans fin, tenus l'un à l'autre, la houle et rien d'autre. Le soir, lorsque nous nous étions rhabillés, il avait fallu rassembler nos affaires sur de longs mètres, contourner d'autres plagistes, traverser leurs îlots. Cela nous avait autant amusés qu'embarrassés. Nous nous étions alors regardés autrement, avec nos vêtements abandonnés puis récoltés comme déjà après l'amour. Les rouleaux avaient creusé nos ventres, l'enfance était retombée sur notre grand drap de bain pour deux. Nous avions prolongé cet après-midi pour en garder longtemps encore la vérité, nos doigts caressant le sable puis se disputant le reste du paquet de biscuits. Après, il faudrait se regarder l'un l'autre, se laisser gagner par l'impudeur. Nus à si peu de chose, Mylène et son deux-pièces turquoise dont les liens se nouaient aux extrémités sur deux très grosses perles de plastique rouge et moi mon slip de bain sans âge.

— Jure-moi que nous allons en acheter un dès demain à Saint-Martin !

Je m'étais surpris en misère d'allure et de virilité dans mon maillot bleu marine, un reliquat de mon trousseau militaire, mon maillot de permission. Nous avions ri ; j'avais grandi.

Nous avions repris la voiture sans nous rechausser. Au Bois-Plage, j'avais rouvert la cabane et j'avais senti que Mylène me cherchait déjà à travers ce qu'elle percevait de la maison. Elle tentait de me reconnaître derrière le calage précaire du volet droit de la cuisine, l'aération mécanique des pièces, la manière dont je jetais sans les ouvrir les trois lettres du courrier sur la console du salon, le barrissement des chaises paillées, oui, j'avais gagné pour moi l'épaisseur des lieux ; je devenais une sorte de personnage romanesque, la figure agissante d'une saga plus ample. De l'ampleur, plus cette petite odeur de rance.

— Dis, où est-ce que je peux déposer mes affaires ?

— On s'installera à l'étage, je vais t'aider.

Ce n'était pas un *nous* mais quelque chose d'un couple avait trouvé avec ma voix son timbre dans les murs ancestraux. Je l'avais aussitôt senti malgré sa réserve : Mylène était profondément émue ; nous entrions en noces. Nous nous étions douchés ensemble dans une innocence absolue, absorbés par nos méditations respectives, saoulés d'iode. Nous attendions que le désir des sables nous rejoigne à la cabane, qu'il rentre à son tour chez nous et qu'il éventre les fenêtres, bouscule un peu les meubles, qu'il froisse et fasse valser de pièce en pièce tout notre trousseau vacancier disposé en piles sages dans le placard de la chambre. Nous l'avions attendu sur le vieux lit, face à face comme au qui-vive, dénudés d'évidence, laissant à la chaleur du soleil restituée par les murs le soin de nous sécher tout à fait, encore timorés devant ces rites insulaires qui arrêtaient net nos vies ; mœurs légères. Alors oui, pour tous les soirs l'amour et pour demain un maillot neuf, promis.

Nous avions confié la jeunesse de nos corps au matelas alourdi de ces dizaines d'intimités avant nous. La jonction des sexes ne disait pas tout de l'amour, ça ne pouvait pas se réduire à si peu, l'amour. Celui qu'on cherchait, qu'on construirait comme un feu. Ça ne devait pas suffire d'aspirer brutalement l'âme de Mylène à travers sa nuque, à la naissance de sa chevelure, d'entrer en elle comme en refuge puis de la soulever à la distance des bras pour la détourer sans fin du regard, attendre le frisson de sa peau qui naîtrait du mouvement interrompu, sous la caresse des masses d'air dont le chahut retombe, et voir comme Mylène rougit. L'amour ; il y aurait à aimer longtemps pour le dévoiler enfin, tel qu'il nous avait faits. Il n'y avait rien à redouter alors.

J'aime beaucoup respirer cette pièce. Je roule maintenant à la droite du matelas 140, torse nu. En quinze jours, Mylène a recreusé sa couche, comme à chaque passage. J'appuie mon visage contre le drap, j'inspire, j'attends que Mylène affleure sous ma paume telle une vérité intérieure, convoquée à la seule force de mon désir. Les enfants ruent dans l'escalier à l'appel de l'eau qui mousse. Une prochaine nuit sans Mylène, je me saoulerai de draps. J'entends son pas.

— Tu crois que je me change tout de suite ?

Mille fois j'ai percé ce piètre secret des femmes qui ne disent « je » que pour que « tu » le sache et le fasse. Mille fois elle s'est laissé démasquer dans un sourire.

De la salle de bain à la chambre, sa voix surgit comme de ma propre conscience. Ne serait-ce les us de la maison, je me serais déjà cru seul. Dans la cabane de Ré, toutes les portes demeurent ouvertes et les corps familiers se plient à la vérité de leur intimité. Maman hante les murs de sa présence régalienne ; les anciennes lois tiennent mieux qu'une moisissure : aucun verrou ! Un enfant pourrait encore s'enfermer.

— Il n'y a qu'eux, non ?

— Justement ; tu devrais t'habiller un peu toi aussi, non ? C'est tout de même un jour spécial...

J'irai enfiler un T-shirt, puis une chemise, puis finalement celle qui lui convenait depuis le début, mais tout à l'heure. Discrètement, je surveille le réveil du chevet ; je serai ponctuel au rendez-vous des convenances. Julie et Bertrand ne sauront rien des mouvements et des tractions en jeu dans cette heure sans heurt ni cri.

Ce soir, nous fêtons mes quarante ans. Toute la journée, j'ai dû feindre d'ignorer le calendrier, l'entrain anormal des enfants, je n'ai pas décroché quand Armelle appelait. Quarante ans, ça doit se fêter en grande pompe, quitte à tout truquer. Je quitte la chambre. La table s'est dressée autour du grand chandelier gothique que Mylène avait chiné en mai sans se soucier du kitsch, avant de le faire disparaître sous notre lit. Le voilà le secret du coffre : l'enchantement !

Une bouteille secouée de dom Pérignon attend de me surprendre au moment du gâteau, les enfants propres s'appliquent à ne pas m'agacer et Mylène tarde à quitter sa robe de plage pour l'étrange paquet sur cintre qui a compliqué tout le trajet. Cela s'appelle l'emprise. Un univers de jalons infantilisants : Mylène et moi nous sommes construit un nid, au quatrième étage d'un immeuble avenue d'Italie plus exactement, un nid-de-pie où chaque breloque s'est vu attribuer une anecdote et une charge magique ; nous dans le capharnaüm de nos symboles conjugaux. Le mug à mon nom offert par papy Kim, lequel ne m'avait adoubé qu'après huit kilos de bougnettes à l'huile, six cours magistraux sur la Catalogne et quatre années, le parapluie qu'on avait fauché au vernissage de Rousselot, le porte-monnaie rouge de l'éternelle Bene, encore bourré de pièces de deux francs. Après presque deux semaines à Ré, les bibelots congénitaux de la cabane sortent eux aussi de leur silence et commencent leur rengaine par un timide brouhaha.

Sauf que je repense à la plage. Plus exactement, une crainte gagne, comme une chose énorme qui viendrait à manquer, dès demain, si je n'anticipe pas un peu, si je ne vais pas voir maintenant. La nuit s'apprête à saturer le ciel et je tourne en guêpe folle entre les murs. Je suis un acouphène à moi tout seul. Je dois vérifier quelque chose sur le sable, juste un détail mal assimilé mais qui me possède mieux qu'un TOC. Je suis en manque : mon carré de plage, vite.

Je parcours grand train toute la maison à la recherche d'un prétexte pour m'absenter, quelque chose à aller acheter mais les bouteilles sur le buffet promettent l'ivresse à qui voudra, même sans l'aide de Bertrand, les épices du placard n'ont pas eu le temps de prendre l'humidité depuis juin. Les enfants trouvent des paquets de papier toilette jusque sous les lits et s'en font des traînes de mariée, des frontières. Je sais que je lutte contre la science impeccable d'Armelle, ma sœur surprévoyante et inventive. Elle est la part nourricière. Elle apporte dans son coffre des denrées impérissables pour tenir plus longtemps qu'elle-même. Armelle porte ses soins à toute l'humanité, celle-là même qui la piétine. Ces êtres qui ont lardé son enfance, tous ces hommes qu'on appelle frère, père ou époux et qui n'ont touché un jour sa main que par inadvertance, pour lui tendre une assiette vide : un estomac à la place du cœur, comme maman qui avait quant à elle dédié sa vie à d'autres hommes : ses propres frères, sa tribu homogène comme une meute, avec sa hiérarchie dure, un sourire sur chaque photo : des dents parfaites, des mâchoires nettes. Tant qu'il en vivrait un seul, la grande dame garderait aux poignets ses fers. Et Armelle se plie au modèle. Elle nourrit ceux qui restent, qu'ils passent ici ou chez elle à Vanves. Un immense sablé breton, un paquet de crêpes sous vide. Tous engloutissent ce qu'elle a préservé de son hérédité : un père qui est parti refaire sa vie en Bretagne sans plus se soucier de la nôtre, qui n'a pas pu mieux que de prétexter un chantier urgent pour nous planter le soir de mon neuvième anniversaire, pas mieux que d'embrasser une dernière fois sa fille de douze ans qu'il ne reverrait que devenue femme, pas mieux que de réintégrer le silence dont sa génération s'était fait un étendard. Une gifle aurait mieux valu, franchement. Un père comme un coup de marée unique, un accident.

Vingt heures vingt et la guêpe folle n'y tient plus. Je ne les quitterai pas longtemps, mais la plage m'appelle vraiment. Je prétexte un motif immature pour trotter jusque là-bas, avant que la nuit ne l'étouffe tout à fait. Je prétends avoir oublié la petite pelle fuchsia de Rose. Et comme je sais exactement où la chercher, puisque je ne bouge jamais et que cela anticipe un hypothétique drame de la petite qui joue avec rien sur le tapis et que… Je ne tarderai pas.

— Tu changeras de chemise.

Rue des Single-Pieds, j'ai tellement l'allure de courir après mon chien qu'une femme écarlate me salue à bout de laisse avec une mine gentille : « B'soir. » Sur l'île, je réalise que je n'ai jamais poussé plus avant les civilités, si bien que le moindre grain d'empathie me renverse. J'ai la quarantaine sucrée.

J'ai descendu les marches qui domptent la petite dune. Je ne rejoins pourtant pas ma place et me poste au pied du béton, à l'affût. Ils ne sont plus que quelques-uns à s'attarder. Le ciel est une tisane oubliée.

La voici. La femme à la visière rassemble le maigre de ses affaires dans son cabas. Le parasol a disparu comme dans un autre jour. Elle profite manifestement de la lumière qui s'altère pour rejoindre les terres sans renfiler les vêtements que sa posture au sol la dispensait de garder. Ce spectacle nul m'attire cependant. C'est même lui qui m'a fait revenir. J'avais quelque chose de moi à coller sur cette scène absurde. Ma mère aussi avait une visière blanche : j'arrive à temps.

Elle se lève, épaule son sac et cale son mari sous son bras. Elle progresse alors avec la démarche lente et résignée des sables, son mari saisi par le milieu du corps dans l'allure raide des blessés de guerre, un grand brûlé. Une silhouette pour le coup absolument renversante et fragile. La femme à la visière semble un instant porter son mari comme une bouée qu'on a la flemme de dégonfler. Seulement, le voilà qui s'anime ; son pas est empêché, il évolue ici hors de son milieu naturel. Ils ne se regardent pas. Je les laisse gravir la dune par un sentier de baigneur, alors qu'il aurait fallu tout arrêter et leur dire : Attendez ! Je voulais vous parler... C'est proprement idiot mais je vais le faire. Tout en moi m'en dissuade mais je vais le faire. Je ne comprends pas pourquoi mais je vais rester ici. Je vais laisser Mylène rentrer à Paris avec les enfants, mes enfants vous comprenez ? J'aurais juste voulu que vous m'aidiez à leur donner une explication, à Mylène...

Je m'assois sur les marches et livre le temps qu'il me reste au paysage épuré du dernier soir. Nous devions rentrer demain ; aucun sac n'est prêt comme de coutume mais on ne peut pas tout traiter de front : le gâteau et le grand ménage. On dira que j'ai tout mélangé. Mes anniversaires ont le grotesque des cérémonies de remise de prix : chemise, toast et au revoir. Ce n'est pas tant cette femme à la visière mais le secours qu'elle portait à son mari qui a arrêté ma décision. Il aura fallu un alibi à ma lâcheté. Quoi ! La femme ressemble vaguement à ma mère ? La visière blanche, et alors ! J'ai reconnu mon père ? Je les ai revus ensemble ? Justement non, je ne me souviens même pas de les avoir jamais contemplés tous deux, serrant leurs corps dans un geste de tendresse ou d'assistance, même saugrenu. Un baiser ? Alors quoi : je revis ma petite douleur d'enfance, mon chagrin par contumace ? J'ai attendu trente et un ans pour la goûter enfin, ma déchirure ? Je me l'étais mise de côté tout ce temps comme mon meilleur morceau, presque pour mes vieux jours. Sauf qu'aujourd'hui le bonbon est fade, plus aucun goût.

Pour laisser partir Mylène, je voulais ressusciter cette blessure enfouie, un prétexte viable, mais mon enfance a franchi la dune avec cette femme. C'est simplement un couple fatigué qui rentre, comme ils le sont tous. Il ne reste que le sable entre mes doigts. Je n'aurai que cela à leur dire… Je me suis retiré sur la plage.

Au large, des lumières secouées brouillent mes repères ; quelle heure ? L'île a dû pivoter comme un cadran de boussole. Tout minute mon absence. Je lève le pan arrière de ma chemise et sors de ma poche la petite pelle fuchsia. Il est temps de rentrer.

Mon père est parti au jour de mes neuf ans, au soir même de mon anniversaire. J'ai plié cette histoire dans un sac, rangé dans une armoire bretonne, dégonflé comme une bouée, remisé dans la malle aux cochonneries marines. Ma douleur ? Il fallait y penser plus tôt. Je mesure l'ampleur du ridicule ; j'ai bel et bien quarante ans. L'âge de déraison.

Je ne me presse pas comme je remonte l'avenue de la Plage. Dans les jardins, les barbecues ne crépitent plus ; tout semble apaisé. Je traîne un peu les pieds, « Tu ne vas pas salir ta belle chemise ! ».

Bertrand et moi tiendrons bientôt notre place au feu qui cuit. L'andouille est une affaire virile. L'homme nourrit les braises, bâtit des structures cuisantes, de plus en plus hautes et prodigieuses et puis, du jour où c'est une maison entière qui ceint le foyer, il s'en dépossède, il se sent captif. C'est le complexe paradoxal de l'achèvement qui abat tout homme. On n'habite pas son barbecue.

J'ai découvert ce complexe viril de l'achèvement peu de temps après m'être offert mon premier os fossile de dinosaure. Un caprice régressif, mieux qu'un rattrapage sur mes rêves d'enfant. À l'approche de mes quarante ans, j'ai décidé de compléter et de réunir, os après os, un véritable dinosaure, un hadrosaure plus précisément, pour l'évidence du coût, comme un projet de vie et un défi, un marqueur conséquent de mon libre arbitre. Un dinosaure chez nous, avec la curiosité de mon fils pour prétexte. Un dinosaure, pas moins : une place qui gagne au fur et à mesure des paquets en provenance des États-Unis ; un monstre du crétacé en vrai qui niche pour l'heure dans deux vitrines plus une caisse et demie à la cave mais qui pèse déjà, menaçant l'espace et l'intime, et sans doute le budget de notre traditionnelle escapade hivernale en Tunisie. Un humérus d'Edmontosaurus, des vertèbres indéterminées, un imposant radius de Parasaurolophus, un chevron, je détiens environ 10 % de la bestiole. À ce stade très fragmentaire, le rêve tient parfaitement. C'est bien cela le complexe qui tient tout homme, car je sais que plus la collection joindra les bouts, qu'une scapula touchera sa côte et que les caudales s'enfileront, plus il s'avérera criant que mon rêve d'unité hadrosaurique pue l'arnaque. Un tas d'os inassemblable.

J'arrive devant la maison et les rejoins sur la terrasse après le coup de feu. Personne pour m'attendre. Bertrand a géré les braises, le service, la cuiller de la petite, jusqu'à la colère rentrée de Mylène, il a tenu bon. Julie s'est quant à elle substituée à son amie véritable, laquelle s'est retranchée dans sa robe longue. Sous la lumière indécise du chandelier, on jurerait une marotte. Julie tire ce qu'elle peut encore de la soirée, pour la joie légitime des enfants, et son fraisier bio tout de même. Nous pourrions disparaître, ils feraient des parents très convaincants.

— Tu ne chantes pas ? Allez rabat-joie ! Assume un peu ton destin de quadra au lieu de toujours t'enfuir ! Regarde-nous ! On n'est pas superbes, hein ?

Il n'y a que Julie et les enfants pour entonner l'hymne. Bertrand s'affaire à l'intérieur.

— Happy birthday...

Je prends Rose sur les genoux en bouclier humain. Un baiser dans ses cheveux tendres. Chanter quoi ? Comme chaque été depuis que j'ai des enfants sous la main, je vais souffler mes rondes de bougies à travers une petite bouche cracheuse, par un trou imaginaire que je leur découvre toujours à l'arrière du crâne, pour le plaisir pur de l'enfance, pour la transmission, le sacrifice presque. Je me suis longtemps inventé ce héros discret, en retrait des rires, comme désintéressé de ces richesses vivantes. Seulement, au soir de la seule action remarquable de mon existence, je fais triste figure. Je n'ai en vérité jamais fait face aux flammes des bougies ; déserteur absolu.

Sauf que Bertrand surgit de la cuisine en grand embarras. Il vient d'armer une sorte de fusée qui crache, elle, un déluge artificier ; des étincelles qui brunissent le glaçage du fraisier. Rose et moi nous regardons avec la même frustration. C'est fait, papa pose un pied dans le décorum de l'âge...

Julie tend le cadeau qu'elle m'a trouvé dans cette nouvelle boutique de Saint-Martin qu'elle ne connaissait pas. À Bertrand la panoplie du skipper, à moi l'idée creuse, la fringue passe-partout, sur l'île du moins. J'ouvre le sac et le Che me fait face dans un regard fuyant, avec son air de madone napolitaine. Transfert noir et blanc saturé sur fond orange. Les enfants se rallient d'emblée à l'excellente idée de Julie. C'est beau ! Je dois l'essayer de suite comme un gage de bonnes intentions, sous surveillance.

« Enfile donc ton nouveau chandail, montre donc ton bulletin à marraine, et si tu nous jouais le morceau de piano que tu viens d'apprendre... » Il faut faire peau avec mon cadeau ; j'ai neuf ans, des passions impeccables et des fixations surnaturelles. J'avais très tôt décidé que je ne ressemblerais à personne. Aucun modèle, aucun phare, j'avançais comme on dribble. Jusqu'à ce que maman renonce enfin, je me suis appliqué à désapprendre le piano. J'en usais comme d'une percussion, ni rebelle ni revêche, égaré volontaire. Maman avait ri, c'en était fait du Pleyel. J'ai constamment voulu prendre le contrepied des modèles attendus. Le talent de l'enfance venait de m'inventer une résidence à part, où que je sois, chez moi ou sur le sable. Sur le sable surtout... C'était simple, je ne serais fait pour aucune des catégories qui m'attendaient à l'âge adulte et il faudrait bien m'en inventer une toute spéciale si l'on ne voulait pas m'abandonner à mon sort volatil. On serait bien contraint de s'occuper un peu de moi, enfin... Ce n'est que plus tard qu'on réalise combien on est reproductible. Même Guevara : si tu te voyais...

Je quitte la table pour un changement plus honteux que pudique. Taille L ; je reviens plus nu encore, le Che sous cortisone au dessin de mon buste orange, le Che cornu aux seins qui me poussent.

Le Che a quarante ans, lui aussi. Visiblement. La philosophie ne vient pas à Julie sans raison :

— Tu sais, c'est moins pour le bonhomme que pour le symbole. C'est terriblement d'actualité, non ?

Non. L'amorce ne prend pas et Julie s'empare du couteau à pain.

— J'ai choisi un fraisier parce que normalement ça plaît à tout le monde, non ?

Elle ne peut pas retenir son coup d'œil expert.

— C'était le dernier dans ce coloris ; ça se vend comme des petits pains cette année. Orange, c'est plus gai ? Mais si tu préfères plus gris ou plus ample, tu peux toujours le changer demain avant votre départ. Ils ne ferment jamais.

Je passerai donc incognito en traversant le marché typique de la Flotte ou sur le pavé de Saint-Martin, parmi quelques frères d'armes. Cette saison ou une autre.

Le monde arabe vit sa révolution et se place enfin d'autant plus facilement sur la nappe des conversations que les verres sont vides. Les enfants ont abandonné aux guêpes du lendemain leur part écrasée sur le rebord des assiettes et somnolent contre l'ami Bertrand, dans ses bras de colosse authentique. Faute de combattant, il faudra tenir la note, le temps que quelqu'un se décide à coucher les petits. Julie ressert son monde en pasionaria et Bertrand de suivre son caporal. Ils se dispensent de nous. Bertrand s'emporte un peu :

— Tu as raison ! On les a colonisés, pillés, bâillonnés et il ne faudrait pas bouger le petit doigt maintenant qu'ils se révoltent ? Ce sont eux les héritiers de nos Lumières !

Mylène n'acquiesce pas. C'est l'heure du choix parmi les dosettes de café grand cru. Julie fond sur la dernière capsule bleu Brésil. Quelque chose fatigue l'air. Le café déroule ses codes sans faillir : les grenailles factices en chocolat, les dernières vingt minutes. Mylène va et vient pour passer individuellement les tasses.

Et puis, ça aura été comme une houle. Leurs phrases cherchent soudain à m'atteindre, à me bousculer aussi. Qu'avais-je fait ? Moi qui n'étais même pas à la place d'honneur…

— On est tous impliqués, et toi aussi, doublement ! En tant que père, en tant que prof, tu as des valeurs à transmettre ! Ces gens nous interpellent, quoi ! Et tes idéaux ? Tu les as enfermés dans tes manuels scolaires ? Il y a un temps pour enseigner l'histoire et un autre pour la faire. Il faut agir bon sang !

J'entends Mylène qui cherche les sucrettes dans l'armoire du salon. Le moment opportun. J'aurais pu lui répondre. J'aurais pu leur dire : agir pour faire quoi, hein ? Un T-shirt ? Qu'est-ce qu'on y pouvait le cul sur la plage, avec des vannets plein nos poubelles, des grenailles plein la panse, avec nos vélos. On fait quoi ? On charge ? On proteste depuis une île qui n'est même pas la nôtre, même pas une île ? Nous ? Les citoyens du monde ? Toi, Julie ? Tu parles ! Comment tu peux exprimer un tel mensonge sans te noyer dans ta honte comme ces gens-là dans leur propre sang. On est des touristes jusque dans nos jardins, on se prend constamment en photo.

— Allez les enfants, il est tard !

Ce soir tout s'est passé comme s'il en avait toujours été décidé ainsi. Papa prolonge au crayon l'ancien tracé de feutre rouge des vacances sur le calendrier de la cuisine, pour lui seul. Les enfants rentrent également.

J'ai attendu que Julie et Bertrand nous quittent enfin pour parler. Je reste ici. De la terrasse à la maison, je suis persuadé que les mots ont trouvé leur chemin jusqu'à Mylène...

— Je ne rentre pas avec vous demain.

La nuit resserre doucement son étreinte. Je rapproche un transat sous la fenêtre ouverte de la cuisine et m'allonge dans le halo de lumière. Le chandelier a perdu la moitié de ses flammes. Mylène s'est lancée dans une plonge incroyable, sans attendre demain. Elle se dépêche, elle n'arrêtera que lorsque tout sera rincé. La vaisselle cogne. Changez juste l'heure et le siècle, on jurerait une sieste paisible avant qu'on se remette en route pour la plage, pour d'autres siestes, sur des générations. Mais au lieu de la paresse une immense fatigue me gagne. Tout se joue à ce détail près. Ajouter un seul mot me pèse ; c'est comme reprendre des us anciens, presque oubliés, une sténo obsolète qui rebute franchement. Mais il faut pousser les mots, qu'ils enjambent le rebord jusqu'à l'évier.

— J'ai besoin de retrouver comme mes racines, tu comprends ? Tout à l'heure quand j'ai vu ce couple sur la plage, j'ai été happé. Je... je crois que je n'ai jamais fait le deuil du départ de mon père...

— Attends ! Ton père ? Tu n'as qu'à l'appeler ; tu veux mon téléphone peut-être ?

— Écoute, on ne va pas reprendre nos vieux numéros...

— Nos numéros ? Tu veux quoi au juste ? Qu'est-ce que tu n'as pas le courage de me dire ! Allez !

C'est étrange. Dans les premiers instants, je m'étais secrètement réjoui de cette confrontation sonore, comme une cure de jouvence. Dix années en arrière peut-être. Il n'y aurait qu'à alimenter le feu – les sujets ne manquent jamais – et je me retrouverais en costume de jeune marié. Dix kilos de moins.

Au-dessus de mon crâne, la fenêtre de la cuisine se ferme ; les nuits fraîchissent. Le mois d'août n'annonce aucun répit et versera dans l'automne tous ceux qui ne partent pas, jour après jour. Elles sont bien finies les vacances. J'attends un temps raisonnable sur mon transat avant de monter me coucher. Je me laisse parcourir par les frissons que le vent lève sur ma peau. Je suis intégralement hérissé. J'ai appris à la télé que nos poils sont actionnés par autant de muscles minuscules. La salle de bain s'allume à l'étage. Je me couche dans la pénombre de la chambre sans me dévêtir, comme une prudence sur la suite de la nuit, presque une politesse.

— Combien crois-tu qu'il y a eu de couples dans ce lit qui ont fait ce que nous faisons…

Mylène me répond par des gestes nets, définitifs. Je n'ai qu'à comprendre. Elle a fermé notre trousse de toilette ; ma brosse à dents m'attend sur le lavabo.

Elle s'active dans la chambre des enfants sans se soucier de leur sommeil. Elle anticipe elle aussi et referme la porte derrière elle.

Mylène ne s'est pas non plus déshabillée et s'allonge à côté de moi ; son corps écrase à peine le matelas : je connais cette absence-là.

— On est ridicules. On croirait qu'on se tient prêts à sauter du lit...

Mylène rallume et règle le réveil à cinq heures. Départ à sept au plus tard. Pas de ménage pour une fois, puisque je reste.

— Ça ne servira pas à rien ; je vais réfléchir. Je vais m'occuper vraiment de vendre la maison, repeindre les volets et puis...

Le silence a repris ses droits. Les enfants dorment et passent les grands pères Noël qui faussent le chant du monde... Je reste ici, la tête dans la vase de ma mémoire, dans la maison qui croule si je ne la soutiens plus, tout comme je tombe sans elle. Je n'ai rien de conséquent à dire pour me justifier, rien qu'un pot de peinture, une paire de volets apitoyants.

Je l'ai entendue pleurer. Je n'ai pas mis longtemps à m'endormir.

Durant cette heure matinale de leur départ avancé, je me fonds dans la démarche souple du boy hindou. J'aide les enfants à fermer leurs sacs, je me colle à eux, une plaisanterie pour chacun, clandestinement. Ils rient parce qu'ils ne savent que rire. Un père qui combat une sangle ou qui donne sa voix à deux chaussettes en boule ne tranche en rien des autres pères. Cela prend juste un air de vacances impromptu, légèrement déroutant ; elles s'achèvent bêtement maintenant. Six heures trente.

L'agencement du coffre est la spécialité de Mylène, gagnée quasiment aux crocs. Plus d'équilibre que de logique : j'ai très tôt cédé ce territoire. Je lève donc juste les sacs du sol, pour soulager un peu la peine. Mylène s'en saisit sans violence ni précipitation ; elle ne râle après rien ni personne. Maintenant que c'est fait, elle a senti combien il était inutile d'ajouter un mot de plus au peu que nous nous sommes dit, dans le silence de l'aube. J'ajuste le harnais à vélos. Le haillon claque, la malle est pleine. On serait bien en peine d'y fourrer une breloque, un caillou, un souvenir. Ça tombe bien puisque je reste.

— Bon, comme ça, je pourrai commencer les peintures au plus vite... Cinq ou six jours. C'est mieux, non ? Les odeurs...

Mylène ne cherche plus les émotions qu'elle a enfouies. Elle maltraite le cordon d'une ancienne tétine qu'on avait oublié après le siège auto et vire sèchement les débris de gâteau de l'aller ; elle ne claque pas la portière. Aujourd'hui, elle me matera jusque dans mes derniers retranchements, moi et mon laisser-aller. Je m'accroupis à hauteur du visage embrumé de Rose pour « poser les mots » sur ses deux ans passés. Je m'entends leur parler avec le détachement du mauvais lecteur de magazines de psychologie : « Papa va rester ici. Papa va repeindre les volets et tout ça. Papa vous aime fort. » Mylène jette un œil néophyte sur les pneus pendant mon laïus de responsable légal, les enfants écoutent ce qu'il a été convenu de dire tôt ce matin, je force l'articulation. Le téléphone est en charge sur l'allume-cigare – vision hautement anachronique.

Puis soudain, pour la seconde fois, Mylène s'absente contre la haie de tamaris ; quelqu'un l'appelle. Moi, j'entraîne les enfants à l'abri. Depuis la cuisine, je repousse le vantail de la fenêtre sans pour autant la fermer. Je secoue le chocolat dans le biberon de Rose.

— Papa, j'ai pas très faim.

— Allez, on se tait surtout et on mange vite ! La route va être longue et on ne va pas pouvoir s'arrêter...

— Pourquoi ?

Mylène me cache son visage. Les enfants terminent leur petit déjeuner à contrecœur. Aucun dossier professionnel ne se traite si tôt. Qui appelle ? Julie ? Armelle ? Elle rejoint le continent. Elle ne peut plus tenir. J'aurais tout de même bien aimé savoir qui se permet de rappeler aux aurores, à peine on se quitte. L'espace d'une seconde, oui, et pour la première fois, j'ai un doute. J'ai des visions : un poitrail de poils, dix à quinze centimètres en plus, des sièges auto en cuir, un pénis, des chaussures à bouts carrés, un après-rasage, des pulls moins épais. Moi, jaloux ? Moi ?

Les enfants me quittent comme une vieille tante sans interrompre leur négociation sur le film du retour.

Dans ses préparatifs, Mylène a tout replié. Le drap-housse de notre lit a rejoint la boule de ceux des enfants. Elle les a brassés sans intention, sans message.

Ce matin, il n'y a qu'à la regarder pour comprendre. Elle ferme la valise au ralenti : je pourrais détester son claquement. Tandis qu'elle tient les bagages, elle accompagne de son avant-bras la porte d'entrée ; elle trahirait sa colère. Elle attend d'être dans l'habitacle pour chausser ses lunettes fumées ; je ferais l'humilié. Elle cherche machinalement France Musique pour me laisser changer d'un cran : Culture. Que reste-t-il de virginal dans sa vie après s'être tant conformée à moi ? Elle embrasse Rose, sa fille, pour elle seule.

Je suis monté en passager pour les accompagner jusqu'au pied du pont, comme un grand absent, une pleureuse en panne, les trois bourriches d'huîtres achetées la veille sur les genoux. Au moment où je claquerai la portière, Rose et Louis dormiront déjà. On capte mal France Musique ici.

Je maintiens du mieux possible les huîtres mais je sens déjà qu'un fluide s'échappe et me mouille les cuisses. Les coquilles foirent toutes une à une en rendant l'âme. L'intoxication guette qui les mangera – et d'ailleurs, qui donc mangera autant d'huîtres et aussi précipitamment ? Quel appétit glouton ? Quelle tablée ? Quelle célébration ? Qui donc appelait ce matin ? Il faudrait prévenir, dire quelque chose mais je ne peux pas laisser Mylène sur un avertissement au sujet des huîtres, sur ce petit conseil du chef qui n'y goûtera pourtant pas, lui qui descend du train à l'approche du pont. À cette heure presque chalutière, la route est déserte et nous atteignons Rivedoux en cinq minutes. Moi qui espérais le bouchon ordinaire des retours pour tenter autre chose, un dernier laïus. Je ne tarderai pas à me faire jeter en bordure de route, malpropre. Mylène est concentrée sur son bouchon intérieur et sa station. Elle aussi conduit à contretemps ; elle part beaucoup trop tôt.

Pour m'inventer une contenance, je bascule la tête vers la vitre. Les vacanciers se pressent toujours pour sortir de Ré et s'étranglent dans les rues de Rivedoux, qui se rétracte d'autant. Aucun raccourci possible, les écarts et les tentatives ne gagnent que le mépris des réguliers qui enfilent les heures d'attente sur le grand axe. Comme toute île, Ré offre un séjour intenable mais le fil du pont réconforte et attire les masses comme un leurre de pêche. On y plante ses béquilles quinze jours, un mois au plus, et puis on s'aperçoit un matin que le temps creuse le sable, que rien de la veille ne se reconnaît exactement, qu'aucun peintre ne traîne la lande et que le vent secoue l'île et la transforme en profondeur : ses contours sont mouvants et ne disent rien ou à peine du véritable travail de sape. Tout n'est que bouleversement : l'intrusion du sable, l'usure accélérée des matériaux, la posture violente des végétaux comme un cri.

Les enfants perdent en volume ; le sommeil les recouvre déjà. Je m'applique et je serre les jambes pour limiter l'écoulement. Je pense au siège que la serviette-éponge n'épargnera pas. En d'autres temps, j'aurais maudit les huîtres, l'emballage, l'agencement, l'idée même ! J'aurais pris illico le volant. Maintenant, je me replie et je revis mes derniers accidents d'urine, des hontes plutôt tardives. J'ai neuf ans, suffisamment de dignité à perdre et déjà plus personne pour me consoler. On ne comprend pas, on ne sourit plus ; j'ai mouillé mon pantalon sans motif particulier, ni émotif ni malade. Contraint seulement. Et alors ? C'est l'inaction qui fâche, qui fait qu'on n'excuse plus. Il aurait fallu trancher, se relever d'entre les autres, debout, et rompre l'harmonie de surface des élèves, en tailleur face à l'écran, en pleine préparation de la fête de l'école. Il n'est plus question de masquer l'auréole qui suce l'intégralité de mes jambes ; l'odeur monte. Se relever serait la pire chose à faire ; c'est pourtant ce qu'on ne manquera pas d'exiger de moi. Pourquoi ne pas rester là et sécher ? Rien ne presse, il reste tellement de temps, une vie d'homme ; je suis patient. Je pourrais rester ici des heures, silencieux… à côté de Mylène, compagnon d'embouteillage si seulement il y en avait un, si elle ne partait pas si tôt.

Plus gourd que jamais, je tente à bout de bras un au revoir pathétique qui coupe net le pont de Ré. Je décide de passer par le sentier de craie qui coiffe la falaise pour sécher au vent. On y croise un peu moins de monde. L'île est un nouveau voyage. C'est bien moi qui suis parti.

Sept heures trente ; je rentre en marchant, traînant mon vélo dans un dernier souffle. J'ai poussé l'infamie jusqu'à accrocher mon biclou aux leurs sur le harnais du coffre, à peine sanglé. Dernier arrêt avant le pont.

Mes jambes n'ont plus la force d'actionner les pédales ; elles me portent difficilement moi-même. J'ai pris quatre décennies en une nuit. Au terme de sa révolution, le soleil m'est retombé sur les reins. Je rentre en déambulateur. Au fil de la marche, le paysage ne me semble pas avancer. Ré est ma terre, ma planète. Je rentre les épaules, je peine aux jointures, je craque de partout, je me traîne. Je m'épuise et une pensée nouvelle vient me faire horreur. Depuis leur départ, j'ai posé le pied dans ma roue de hamster, peu importe le rythme, peu importent mes forces ; je ne vais nulle part…

La marée caresse le sable et Mylène rejoint Paris, chassée au large d'un grand coup de vent sur notre vie. Mais l'air me manque toujours et sans doute plus encore parce qu'elle est partie, avec nos enfants. Je m'applique à respirer. Un instant, je remplace l'image de la mer face à moi par celle de leur voiture qui file sur l'autoroute et qui fuit. Qu'emporte-t-elle de moi ?

2. La longue marche

À neuf ans, je basculais mon vélo comme on terrasse un monstre. Je courais en faisant jaillir de mes talons des fumerolles de sable fin, je fendais les sillons, j'ouvrais des routes vierges. Je regardais la plage. Rien ne changerait jamais.

Liberté, Liberté chéri-e. Je reviens sur la plage ce matin et mesure à quel point mes yeux sont soulagés de n'avoir plus rien à surveiller de précis. La mer délaissée offre sa ligne continue, aucune tête de poupée n'affleure à la surface de l'eau. Aujourd'hui est un jour d'été sans la moindre angoisse. Comme à neuf ans ; je repasse un seuil, un pas de colosse en arrière. Tout juste si je ne compte pas piquer une tête.

Je m'allonge sur le sable que le flot des estivants boude encore. Je profite de l'heure matinale pour gonfler à bloc mon enthousiasme neuf. Je peux bronzer et lire sans culpabilité, comme le faisaient nos pères. Vraiment, je recouvre une fougue ancienne, malgré la nuit, la marche. Je souris de m'imaginer Rose qui dort la tête renversée sur son siège auto, son goitre sévère et les bulles délicates qu'elle soulève en ronflant.

Je suis d'abord repassé à la cabane pour préparer mon sac de plage, un café, le reste de brioches fourrées. J'ai allumé la radio et quelque chose de saugrenu s'est invité dans la cuisine, comme la bande originale de ce jour épique. Aux infos, un fond de *Marseillaise* hors saison. Une médaille ou bien l'allocution grave annonçant notre entrée en guerre. J'ai repris des forces en mastiquant au-dessus du bol de Louis. Le vent souffle plus durement aujourd'hui sans pour autant parvenir à rincer ce ciel qui surplombe Ré depuis deux semaines. Un glaçage de sucre. La marée est ponctuelle, les plagistes aussi.

Arrivé à la plage, je dépose ma pelle fuchsia. Je me suis assis entre deux mondes. À la lisière du sable humide, j'érige pour moi seul le château. Je reste cohérent. Oui, pour qui me regarde, pour celle que l'ennui distrait un temps de son livre, j'ai de toute évidence des enfants pour qui je me plie à la tâche et je modèle : ils ont couru là où tous les enfants sont. Elle voit un père qui creuse sans ridicule, dans un rythme soutenu, curieux, et qui plonge ses mains rien moins que dans l'enfance, mais ce n'est plus la sienne. Sinon, pourquoi toutes ces tours, leurs créneaux malhabiles ? Les derniers coups de pelle réveillent une douleur et je termine le château au ralenti. Je prends du recul et contemple l'absurdité des lieux. La mer s'est retirée, seule ma citadelle casse la ligne du sable lissé. Il est trop tôt, j'ai éventré la plage, je n'ai rien à faire ici. Tout à coup ma musique intérieure se meurt. Je déchante instantanément. Je suis seul.

Je chausse mes lunettes car mes yeux me démangent. J'incrimine la fatigue, la lumière traître du matin mais à quarante ans, je ne me laisse plus si facilement berner. Pleurer ? Et pourquoi ? Tant qu'il s'agira de volets...

Je profite autant que possible du moment. Une fois assis, plus rien ne rompt l'unité de la plage. Sur le sable de Bois-Plage, je rejoins les régions pacifiques où personne n'en voudrait à personne. Mon torse rosé, la défection de mon ventre, ces tétons outrés, bêtement appétissants, personne n'y porte attention. Comme hier, ils sont fidèles, eux que leur posture rend neutres : lui sa toison dévorante, elle seule aux seins nus, les parasols hors d'âge, un pliant pour chacun, la cicatrice, les verrues plantaires. L'œil passe et pardonne tout puisqu'ils sont assis, assis pour ne jamais se relever.

La femme à la visière s'est installée sans que j'y prête attention et rajuste maintenant son maillot. Parasol, Gavalda, un paquet de biscuits, pas de mari. Les idées fusent : le crime, l'enquête. De quoi occuper le précipice de mes jours, puisque je reste.

À qui le dire sinon à elle, qui m'est aussi familière que le ciel de Ré ? Madame. Nous nous entretoisons depuis des années sans doute, nous lisons les mêmes livres puisque nous ne les lisons pas. J'ai laissé partir Mylène ce matin sans avoir pu lui dire quoi que ce soit. Pas un mot ne m'est venu de toutes ces années ensemble. Je n'ai rien trouvé dans le regard des enfants qui me donne le courage. Je n'ai rien dit, vous comprenez ?

Elle ne veille plus sur son mari rougeoyant. Car il est parti, lui aussi. La femme vient de sentir mon regard et abaisse son parasol en tirant au sol une pincée de franges. Ma main caresse longuement le sable qui s'échancre. Moi, j'ai encore l'air d'attendre quelqu'un qui ne vient pas. Les semaines passeront et, tout comme elle, il ne m'en restera que la sensation puissante du sable chaud.

Mylène est partie, comme elle partait en formation quatre à six fois par an, quelque part en France, en Europe parfois.

Au retour, elle me parlait de ces nouvelles dispositions fiscales et moi je racontais avec de grands effets les deux accidents de matelas avec Rose, justement là, les coups de fil de maman pendant la sieste qui ne se souvenait plus m'avoir appelé le quart d'heure d'avant, la sieste foutue donc, plus l'humeur vaseuse de mademoiselle jusqu'au dîner, plus les tournois de rami et de quatre-cent-vingt-et-un avec Loulou parce qu'évidemment il avait plu tout du long ! Je ne m'étais vraiment pas amusé.

Ça finissait toujours ainsi. Mylène s'arrêtait net et me tuait en silence. Une fois encore mes paroles avaient été blessantes, comme si l'un de nous devait toujours s'attribuer le meilleur ou le pire moment de nos absences. Elle détestait ces compétitions. Un podium et pour qui ? Moi de préférence. Dans ces cas-là, lorsque Mylène approchait une de ses limites intérieures, plus personne ne bronchait et il me venait soudain des spontanéités incroyables : du classement, une ampoule, cirer mes chaussures à bouts ronds. Ce calcul de la réconciliation annoncée n'était rien moins que la négation de l'amour. Et les années lassant, j'ai dû un peu négliger les gestes, comme s'ouvrir un soir de mai un champagne hors saison, lui offrir des fleurs sans motif en plein mois de novembre, deux places de concert. Non, j'avais l'envie à sec. Ces signes attendus m'ont toujours paru défigurer la nature véritable de ce qu'était notre amour. Et c'est quoi alors son vrai visage ?

J'efface vite les lignes que mes doigts ont laissées dans le sable avant que quelqu'un n'y reconnaisse je ne sais quel symbole. Quelque chose de mes pensées est cependant parvenu jusqu'à ma voisine à la visière. Elle commence à me rendre l'intérêt que je lui portais. Aurais-je parlé à voix haute ? Déjà ? Elle aussi s'interroge pour tuer le temps ; son parasol a légèrement remonté. Je sens comme la menace d'un sourire de connivence : « Tiens, vous aussi vous êtes seul ce matin ? », un rapprochement : « Excusez-moi… », un échange : « Mon mari est parti mais je vais vous expliquer. Et vous ? » Comme à chaque fois qu'une rencontre touche au possible, je lève le nez, je sens le vent qui a soudain fraîchi, un frisson, deux flexions et je fuis la plage.

Il n'est que dix heures et quart et le vide sidéral de cette journée m'angoisse tandis que je pédale. La place s'anime mollement, le marché attend le réveil du touriste. Seul en selle, je me fais horreur. Je suis resté dans la mollesse des jours de Ré, j'ai abandonné mes enfants au beau milieu de leurs vacances, j'ai quitté ma femme sans même la toucher et je pédale. On entend ma ferraille qui couine jusqu'à la boutique du loueur de vélos, lequel me suit des yeux comme on fixe une proie.

Je bascule mon biclou contre le muret de la cabane et le vent s'ingénie à le faire tomber. Je tourne un temps dans la maison à la recherche d'un sac à dos. Je m'agace. Je détrousse toute la penderie en me jurant de ne rien ranger. Finalement, Armelle en avait glissé un derrière les boîtes de confit de canard. Il est encore sous plastique. Ici, être randonneur sous la dictature des deux-roues, c'est déjà un acte radical.

En ce jour vierge, je décide d'entreprendre une longue marche ascétique, une traversée conquérante d'un territoire déjà conquis, je fais mon Grand Tour ! Rivedoux en Ars ! Go West ! Éprouver les limites, ramasser des cochonneries pour la malle du salon, rafraîchir un peu ma mémoire et m'enivrer d'une énergie positive ! La liberté ! On doit bien finir par l'inventer à s'y exercer pleinement. Je marche quoi. Je renfile mon nouveau T-shirt et prends la direction de La Flotte.

J'avance bon train le long des champs herbeux. Cependant, l'injonction de peindre les volets me gagne en concurrence des auréoles de sueur. J'ai promis aux enfants de rester pour cette raison supérieure. À leur âge, les grands impératifs de la vie peuvent prendre n'importe quelle forme : un loup, un père Noël, un pot de Glycéro. Quant à Mylène, j'ai l'après-midi et cette marche pour lui bricoler un bout de ficelle, un conte qui la bercera jusqu'à demain au moins, en attendant mieux.

Peindre ! Peindre comme une justification, le dernier lien qui m'accroche à la raison, qui évite encore les complications, les choix…

Moi, l'artiste, que mes dix paires de volets attendent, je n'ai pas d'autre choix que finauder à la supérette dans l'espoir de trouver suffisamment de barbouille conforme au code couleur despotique de la commune, assez pour ne pas avoir à quitter l'île, tenter de rejoindre le Leroy Merlin de La Rochelle et renoncer à tout ce qui s'est déjà réalisé.

Le vent se maintient tout comme le ciel. La sueur qui mange mon nouveau T-shirt passe encore pour un effet treillis. Ça plus mon bermuda moite, j'ai la panoplie du guérillero kitsch. Devant le môle de La

Flotte, les carcasses de bicyclettes s'entassent en barricade contre les grilles du monument aux morts. De longs antivols noirs les relient par famille de cinq ou six, comme un ballet de couleuvres. Je finis chez le quincaillier après m'être humilié devant le rideau métallique de la supérette. J'ai couru après midi pile, j'ai perdu. J'ai opté pour un pot miniature de Glycéro, un essai prudent ; j'ai tout le temps de fignoler. Un vert un peu tapant, « garanti conforme au nuancier », RAL 6032. Le patron affamé me le fourre dans un sac bleu turquoise. Même T-shirt orange, de plus en plus passable, conforme lui aussi néanmoins. Alors que je rejoins le port à revers, mon regard attrape Julie et Bertrand qui prennent leur apéritif chez le Basque, de l'autre côté. Eux ne m'attendaient pas.

— C'est toi ?

Bertrand sauve l'honneur des mâles en forçant la sympathie. Il m'embrasse et me commande un pineau. Julie ne peut pas.

— Mais qu'est-ce qui te prend ? C'est quoi ce sketch !

Elle est déchaînée et m'explique que j'ai tout, justement, une femme, son amie, une fille impeccable, des gosses, que je veux tout larguer pour faire naufrage ici. Et pour y faire quoi ? Son visage a viré au rouge.

— On jurerait un téléfilm français des années 80 ! Regarde-toi enfin !

Mes doutes sur la vie, ma maison, mon île, mon père : nul. Je vis à ses yeux dans une nullité infinie.

Le serveur pose le verre sans savoir s'il doit prendre le billet de cinq euros que Bertrand a glissé subrepticement sous le cendrier. Il tente sa chance malgré Julie qui vide le fond de son sac : les balades à vélo où on me traîne, les apéros en terrasse qui retardent mon sacro-saint dîner, les virées à la plage où je ne peux même pas me baigner avec mes propres enfants, tout, je le dois à Mylène, avec son boulot infernal, à son art d'arrondir mon n'importe quoi, avec son fric surtout. Et la maison ? Il est temps de la vendre et d'arrêter de promettre la fortune.

— Regarde-toi ! Tu ne tiens pas debout tout seul mon grand !

Difficile de boire sur un sol instable. La tempête bat tout le port ; les pavés se déchaussent, les tables du bistro branlent, mon pot de peinture roule dans son sac XXL.

— Alors écoute-moi. Profite de tes vacances mais tu donnes des nouvelles, et tu rentres ! Tu rentres avant fin août !

Elle se lève et part en direction de la plage. Bertrand est séché sur place. Il attendait juste sa monnaie.

Trois ou quatre passants se sentent interpellés et s'étonnent mutuellement. Julie a déjà tourné à droite.

Comment se quitter décemment, perdre ou pas la face. La présence de Bertrand m'infantilise ; je communique toujours avec lui depuis mon piquet. Il pourrait me broyer dans ses seules mains, devenir l'instrument d'une vengeance légitime, je me laisserais faire sans piper. Il demeure peiné. Il est de ces très jeunes enfants qui ne peuvent pas vivre la détresse d'autrui sans la partager intégralement et qui s'en bouleversent de fond en comble. Il en chialerait.

— Écoute ; c'est vrai, enfin... Je reste jusqu'à la fin de la semaine pour récupérer mes filles. Tu... On mange ensemble demain ?

— Ouais...

Bertrand est un homme qui court. Je ne le connais pas autrement. Il est cette créature démesurée qui s'éloigne, qui rattrape ses rendez-vous, la mer, ses filles, Julie surtout. Le serveur rapporte la monnaie ; un euro trente.

— C'est pour vous, gardez.

Il empoche en soufflant ; il a tout suivi de mon opprobre. Ce n'est pas mon argent et il me considère tel que je suis : pique-assiette grand seigneur. La voix de Julie a couvert l'ensemble de la terrasse, puis s'est amplifiée en ricochant dans le gouffre du port à marée basse, de la place au mail. Je repars en évitant jusqu'aux mouettes.

Je passe par la maison de la presse m'acheter le *Phare de Ré*, « journal d'intérêt local ». Je me suis toujours vu avec mon hebdo sous le bras, souvent deux jours de suite, pensant trouver finalement un coin de terrasse ou de plage où le lire vraiment. Il finissait invariablement dans le barbecue, comme un autodafé honteux, moi qui n'y comprenais jamais rien, dès la une : des us, des noms, des gens. Aucune connaissance, aucune vraisemblance. Alors, comme nombre de mes semblables de passage, je l'achète comme un gri-gri, je le porte un temps avec la décontraction d'un Pompidou en pagne de feuilles de bananier sur le tarmac de Pétaoune, j'attends qu'on me considère, j'attends la presse, puis je fous cette saloperie au feu.

À la boulangerie, je prends patience dans une queue d'avant-première. Les insulaires sont passés tôt ce matin acheter leur baguette ; il ne reste plus que le folklore à vendre aux messieurs décoiffés, avec leur polo lâche, leurs grosses coupures. Les dames servent les sandwichs en marquant la politesse.

Je poursuis ma longue marche avec une première étape à Saint-Martin, puis plein ouest, jusqu'aux terres plus farouches, Ars. J'attends que chaque station, chaque moulin, chaque caillou et chaque fleurette me racontent un souvenir. Du partage avant tout. Aujourd'hui plus encore, l'île grouille de parasites. La grande offensive d'août a débuté ; la charge est telle qu'on sent la terre s'enfoncer un peu plus que raisonnable. Je marche donc vers Saint-Martin en passant par le fort. Frôler la maison de détention me grise. Il y aurait bien un autre itinéraire mais ces incroyables existences pariétales aimantent le désir. Ils vivent hors du temps et des siècles. Je me sens happé par les graffitis gravés partout sur les pierres. Ils racontent l'époque des vrais reclus, Guillaume 1876, bien avant les touristes, ils disent ce que c'est que de vivre ici, sur une île.

Mylène est partie il y a quelques heures ; elle doit terminer sa course dans des bouchons véritables. Je tente de me dessiner son visage, la voir un peu en face. L'horrible faiblesse du souvenir qui ne garde plus rien de net en mémoire au-delà d'un mille marin, sans quoi tout se défigure. Les photos de cheminée servent à ça, à coaguler jour après jour les liens du sang, à en forcer la fréquentation et les livrer constamment au fantasme de vivre ensemble. Des leurres. Il y avait donc plus de sagesse que de ridicule dans les alignements de maman. Mylène ? Aucune photo d'elle dans mon portefeuille, pas de bréviaire amoureux. On laisse ça au commun des couples, on vole tellement au-dessus des mêlées domestiques avec nos poches vides, nos vélos obsolètes et nos cabas en fibre naturelle, l'esprit délesté des simulacres amoureux. Et s'il n'y avait qu'eux en définitive ? Pour seulement me former une image consciente de Mylène, je dois tracer à main levée, aussi peu convaincant qu'un peintre du dimanche. J'ai besoin de la voir, je cherche une pensée positive, à toute force…

Rose est venue à nous comme tous les seconds. Un avenant au contrat de mariage, le bonheur qu'on réveille dans sa vieille recette. Inratable. Et puis Rose est née. Je suis resté des semaines sans réaction aucune devant cette proposition incongrue, tellement souhaitée pourtant, comme face à un choix. J'étais simplement hébété. J'avais jusque-là la certitude d'avoir vécu avec Louis tout ce qu'il y avait à vivre. Avec bébé Rose, j'ai longtemps pataugé. Mylène ne me l'a jamais pardonné.

J'aborde maintenant cette ville étrange ; point de chute et de dévotion : une Mecque maritime. Parce qu'ici personne ne pense plus, on vous vend la vie comme facile, parce que la lassitude vous cerne comme la mer. Je déteste Saint-Martin que tout le monde adore. Ils adorent s'y apercevoir arpentant le pavage refait, ils cherchent à y reconnaître quelqu'un avant d'entrer dans une boutique, ils font la queue aux glaces quand bien même ils n'ont pas envie d'une glace, mais c'est le rituel. Plus personne ne réfléchit ; on vient, on paie, on mange gras, on jette. Puisqu'on rentre à pied ou à vélo…

Je poursuis sans tarder jusqu'à La Couarde. Cette journée m'est comptée ; les volets qui agonisent, les enfants qui piaffent derrière le téléphone et l'été qui fond dans son cornet. D'ordinaire, j'appelle Armelle pour la rassurer : les enfants sont bien arrivés, la route n'a pas été si longue, Rose a vomi à côté de son seau, Mylène t'embrasse. Quatorze heures cinquante, je pourrais être tout à fait crédible. Depuis ce matin sans discontinuer, Ré joue la carte postale sous ce ciel crémeux qui, cependant, n'ouvre pas le firmament, comme sous une bâche tendue. Je vois de moins en moins quelle histoire m'attendrait à l'autre bout de l'île : Les Portes ou le phare des Baleines. Ils sont des invariants de ma mémoire, mais rien moins que d'autres cartes postales. En vue du clocher de La Couarde, j'ai perdu mon enthousiasme initial. Chaque pas meurtrit. J'ai marché aveuglément comme un gamin, sans pause mais sans urgence. La sueur a gagné le bas de mon vêtement et j'ai l'allure de sortir d'un bain forcé, jeté à l'eau par les siens. On me regarde. J'évite autant que je peux les colonnes de cyclistes.

Je m'assieds à même le talus pour croquer dans mon sandwich et mesure combien les véritables Rétais me haïssent, moi, l'occupant en treillis coquet. Ce thon-crudités-mayonnaise qui suintait dans mon sac à dos est dégueulasse.

Je renseigne un couple, la bouche pleine. Ils voudraient savoir si Ars est encore loin. Madame est visiblement brisée. Et moi donc !

Je voudrais marcher et me vider l'esprit ou, du moins, marcher et me convaincre de cette nécessité de demeurer ici, à contre-courant, en dehors plus exactement. Je range dans mon sac le relief du sandwich qui nourrira bien un poisson.

Je pensais qu'après la mort de maman toutes les tensions dont je me laisse parcourir lorsque je reviens sur l'île, toutes les douleurs, toutes ces voix, que tout cela retomberait et s'apaiserait enfin. Je croyais que seule maman et sa folie étaient à la source de mon mal d'enfance. Or, je l'ai senti dès que j'ai rouvert les volets de la cabane cette année et que l'odeur si particulière de la maison m'est remontée au nez, rien ne changerait tant que je n'irais pas moi-même faire mourir le gamin que mon corps massif contient trop largement. Voilà pourquoi j'ai tout de suite su que, cette fois-ci, je resterais.

Et si je restais pour une raison plus simple encore. Ce n'est pas tant l'état émouvant de mes volets et je pense que ce n'est pas même Mylène que j'ai prise de front... Juste un reportage saisi dans une nuit de juillet à la télévision, dès notre deuxième soir ici. Les enfants dormaient depuis peu, Mylène voulait que je me couche.

Elle me disait de penser à ce que nous coûtaient chaque jour mes veillées, en morosité, en pesanteur, en migraine. Nos vacances, rien moins que ça. Elle me questionnait inlassablement sur ce qui me rebutait tant à ce qu'on monte ensemble au lit.

— Le rituel.

Elle avait continué pour elle seule l'explication dans l'escalier lorsqu'un type sinistre du Belarus a soudain prononcé cette phrase que n'importe quel personnage de série française des années 80 aurait pu s'attribuer sans qu'aucun dialoguiste ne réclame des royalties :

— Ça a été le pire moment de ma vie.

Voilà. Pas plus.

« Le pire moment de ma vie. » Comme beaucoup, je n'en compte aucun. Une virginité hospitalière, aucune déchirure, quelques séparations à plat – plus d'air dans la bouée, c'est tout –, tous mes proches vivants ou perdus par distraction, quelques morts raisonnables, un pouce foulé. Cette pensée m'a arrêté. Un fossile m'a perforé le crâne, me laissant inerte sur le canapé, voire jaloux de l'héroïsme en creux des victimes, celles qui réchappent du gouffre, des carlingues, des carcasses, du vélo, du cancer, de la faillite, de l'opprobre et de la déconfiture sociale, tous ceux qui peuvent témoigner un jour, au creux d'une vague, qu'ils en étaient, assis justement là où il ne fallait pas être, au bon emplacement de la plage, pile face au raz-de-marée, la gueule dans la vague, plein la gueule, pas casse-cou, encore moins contents, mais là finalement, rescapés et bavards, verbeux intarissables, insupportables ! Je n'ai jamais rien eu à fuir avant mes quarante ans.

Au loin, le clocher noirci de l'église d'Ars dresse son doigt sévère. Ce n'est pas un phare de jour pour le marcheur, il pointe son calvaire.

J'ai vécu près de deux décennies dans l'abandon d'une part de moi et de mon temps. Les sorties, les vacances, les rencontres se faisaient dans un naturel et une évidence toute naïve. J'avais des amis que je n'avais jamais eu à conquérir. On sonnait à la porte ;

il n'y avait qu'à ouvrir. Des connaissances me serraient la main au hasard des dîners ; on me considérait sans rien connaître de mes activités, comme si la carte de visite que je n'avais pas traînait dans toutes les poches. Mon prénom, pas plus. Mylène montrait son ours.

J'ai longtemps feint d'ignorer le travail sourd de l'agencement de nos vies que Mylène orchestrait ; les appels, les coups de crayon sur l'agenda, l'arrière-plan, les décors, le protocole social. Je voyais de la noblesse à déléguer l'aspect mécano de notre couple. Infantilisé volontaire, négligent, oublieux, étranger aux calendriers ; j'ai joui d'une vie d'ambassadeur, avec tout le plaisir de concentrer sur Mylène le cours moche des contingences, de faire de ma femme un point de référence, une secrétaire : l'amour !

Mais un jour qu'il s'emmerdait plus encore, le nabab a voulu pousser la porte de l'office pour percer les secrets dérisoires de son propre confort. Mylène aux prises avec ma vie bis, qu'elle arrange à ma propre mesure. J'ai voulu voir mon pantin dans ses bras à elle : ce qu'elle faisait de lui avant de me le faire vivre en vrai dans cette arrière-cour du bonheur conjugal ? Un prototype, un mulet à régler pour que ça passe, que je ne geigne pas en plein repas avec untel pour un mauvais pli de cravate, pour l'heure tardive, que la sortie avec les enfants ne vire pas au sinistre de mon humeur. Et aujourd'hui j'essaie d'enrayer la machine. Et si je restais ici ? Pour tout repeindre, refaire les plâtres, les tapisseries, changer les matelas, un peu de ménage de fond, pour trouver un centre d'intérêt, un pôle d'attraction assez fort, n'importe quoi, pour renaître surtout ! Ça vaut la peine, ça ! Non ? Ça vaut bien que quelqu'un reste, qu'on se rejoigne plus tard et qu'on se retrouve, forcément ! Il n'y a pas de danger qu'on se perde ; les enfants sont là, avec toi ! Alors…

J'ai voulu voir derrière ma vie pour voler ce que Mylène y faisait. Je n'y ai vu personne.

Petit, je ne lisais pas le *Petit Lord Fauntleroy* que tante Monique m'avait offert. Je bavais juste sur le dessin de la couverture. Cette femmelette en bas de soie et col large devait couler une vie enviable ; oisif, servi, capricieux sans excès, raffiné, magnanime. L'imaginer me suffisait. J'aurais voulu me laisser pousser les cheveux aussi longs que lui.

Maman avait ri ; ses rires valaient un refus ferme. « C'est non pour les cheveux. » J'aurais sûrement dû lire ce bouquin avant de m'en faire un mythe tenace. J'aurais dû avoir le courage de connaître véritablement Mylène pour ce qu'elle est, en dehors de moi-même, avant de m'en détacher. Ma femme.

Au début, nous avions raillé l'héritage millénaire des couples et de leurs coutumes : porter un nom, une alliance, une queue-de-pie, reproduire des signes, Monsieur Madame sur la porte, construire un monde cérémoniel, un château de cartes de visite et incarner l'image d'un clan, nous peindre le corps aux mêmes motifs de tribu, procréer plutôt que d'explorer l'autre. Non, nous voulions tout réinventer radicalement, une manière singulière de nous unir, un peu snobs, distanciés. Comme tout le monde. Parce que tout le monde reste un jour quelque part sans avoir prévenu, tout le monde décide une fois de ne pas rentrer.

J'ai poussé jusqu'à Ars parce qu'il est nécessaire d'y passer une fois le temps du séjour. Le manège égaie un peu la place, le flic municipal tourne autour des stationnements. On file à l'horodateur vérifier qu'on est en règle avec Ars. On peut alors s'enfoncer vers le port dans l'espoir de se réfugier au café du Commerce où les gens sont vraiment gentils : une fraternité de naufragés en chaloupe, on se tient chaud, on peut reprendre des forces avant l'incroyable retour à bicyclette ou à pied, vent de face. Aujourd'hui, j'ai atteint Ars comme jamais je ne l'aurais fait à vélo. Il est dix-huit heures trente-sept, je mets ici un terme à ma longue marche.

Un taxi dépose un ancêtre à cent mètres de moi tout au plus et je me convertis instantanément aux signes d'un rapatriement facile ; à l'œil, qui sait ? Ce sprint ne s'imposait pourtant pas à mon T-shirt en croûte de sel.

— Attendez ! Vous repartez de l'autre côté de l'île ?

— Est-ce que j'ai bien le choix…

Il est plus parigot qu'un taxi parisien.

— Vous me prenez jusqu'à Bois-Plage ?

Il me lorgne par à-coups dans son rétroviseur. Je n'ai plus tout à fait l'allure conforme. Je le vois qui cherche dans son petit nuancier intérieur. Il ouvre également sa vitre passager.

— Au fait, monsieur ! J'ai jamais dit que ce serait gratuit ! Vous avez de quoi régler la course ?

C'est positivement pathétique ; mon road movie expiatoire vire au guide touristique. La Flotte, Saint-Martin, La Couarde et Ars par les sentiers fleuris. Avec une application écolière, je passe mentalement le doigt sur mon trajet de fourmi.

Mes pieds ont bien payé. Ils se seront néanmoins trompés de direction, n'ayant finalement atteint aucun point. Une île n'offre aucun but, si ce n'est d'y entrer ou d'en sortir.

Le taxi bloque la ruelle comme il me dépose et je remercie secrètement mes ancêtres de ne pas avoir fait souche plus loin dans l'île. Je pensais casser mon billet, le voilà avalé sans retenue, il me manque même un euro :

— Je vous en fais cadeau ! J'allais rentrer à vide de toute façon.

— Effectivement, je réalise que je n'avais même pas de quoi passer le pont… Je comprends maintenant cette folie du vélo.

— Vous savez, les vrais Rétais vont à pied.

Il me quitte sur un regard goguenard tandis que je cherche mes clés. Je déloge méchamment un chat qui trônait sur le rebord de la fenêtre du salon, fermée à raison. Je hais ces bêtes dont on semble toujours profaner le sanctuaire, d'où qu'elles nous dévisagent.

Le téléphone. Je l'entends qui sonne à travers la porte depuis la ruelle. Je me précipite avant de stopper net devant l'abominable combiné gris, pas encore vintage. Je cherche du regard quelqu'un pour décrocher. Parce que moi, je ne peux pas. Je ne peux pas rentrer au premier coup de sifflet, renoncer à cette liberté que je finirai bien par arracher au vide des jours – on ne peut pas souffrir ainsi pour rien ! Je voudrais avoir Louis sous la main : Loulou dépêche ! Décroche-moi ce téléphone et embrasse tout le monde et dis bien que je suis au pain, à la douche, non ! Qui que ce soit, dis-lui que je suis à la plage. Tiens, dis à maman que je me baigne ! Que je profite ! Raconte-lui toutes mes vacances. Toi, tu sais tenir le vide d'une conversation. Tu es un être parfaitement sociable, un bavard invétéré. Tu es une aberration pour ton vieux père, tu es incroyable. Je te regarde me devenir si dissemblable en tout et tu ne peux pas imaginer combien je suis soulagé. Vite, mon Louis ! Vite, grandis ! Et décroche…

La ligne insiste longtemps, ce n'est pas Mylène.

— Tu fais chier !

C'est Bene…

— Tu es en mission ?

— Je peux encore t'appeler toute seule et je peux encore te dire quand tu fais une connerie.

— Je rentrais juste de randonnée.

— Mais que tu fasses du tricot ou du jogging ou quoi que ce soit ; on s'en fout ! Tu t'es foutu dedans et bien piégé !

— Bene, je n'ai pas envie de me justifier, je ne l'ai jamais fait.

— Mon œil ! Un beau matin, tu vas bêtement te demander pourquoi tu l'as fait et ça te brûlera tellement la gueule de te regarder en face et de te poser les seules bonnes questions que tu vas courir les rejoindre. S'ils t'attendent encore !

— C'est bon ? J'ai ma dose ?

— Tu es un misérable con et je t'embrasse et fais un peu attention à nous.

— À bientôt Bene.

Ce soir malgré tout, je me récompense. J'ai souffert mon dû, peine purgée, la quille et deux ampoules. Je fouille tous les placards de la maison pour m'y dénicher un festin viril, devant la télé. Je m'ouvre une boîte de foie gras devant les actualités, contre toutes les servitudes domestiques, nos tabous de gourmets radiophoniques. Pas de table du tout, mes genoux qui dérouillent, la télé obèse, les miettes sur le canapé, la conserve vide qui barbotera toute la nuit dans l'évier avec les couverts, les pieds, les coussins, la bête à son aise : je suis un vieux garçon qui s'enlise. Je termine un reste affaissé de mon fraisier à même le carton. Chaque bouchée allège le poids du monde. Pas de vaisselle ce soir !

Demain c'est promis, je commencerai un grand rangement ou, plus exactement, un déballage systématique de tout ce qui peut encore croupir dans les placards et les armoires de la cabane. Aujourd'hui je ne sais pas encore si je vais m'installer, trop de marqueurs intimes saturent cette maison. Je parcours la cabane désertée dans l'espoir contradictoire d'y trouver un prétexte pour rester. À l'étage, je ramasse derrière la porte une chaussette que Louis a oubliée. En cinq minutes, je fouille les chambres comme un dératé. J'ajoute au tableau de chasse un bras de poupée, un mouchoir sale, une pince à cheveux. À défaut de les serrer contre moi, je les dépose en bas sur la console près du téléphone. Machinalement, je vérifie que le trousseau de clés est bien à sa place. Non.

— Tu n'as pas vu mes clés ?

J'ai parlé sans m'en rendre compte et j'ai honte à présent. Ma voix se perd dans l'escalier et meurt de ne rencontrer personne. Mylène hante chaque seconde de mon espace. Une fois encore, l'urgence du temps qui passe met à l'épreuve l'amour qui reste. Ces derniers jours, je me suis surpris à penser à ce qu'il resterait de nous face à un véritable impératif vital ; jusqu'où on s'aimerait. La guerre, le handicap, une noyade, le deuil, la maladie. C'est bien plus lourd à porter qu'un trousseau de clés. On s'y invente en mari héroïque, dans la jolie lumière du rôle et le camp victorieux. Alors que sur une pauvre clé, tout se déchaîne de ce qui nous divise, c'est une guerre absurde et impitoyable sous couvert d'inconséquence. Mais c'est quand même la guerre ; les blessures restent.

Je continue à chercher des traces d'une histoire qui était la mienne à travers la maison. Je n'avais pas remarqué cette présence ancienne. Un cadre dont la vitre s'est embuée de saisons. À l'époque, j'avais offert à Mylène une de ces sérigraphies de Picasso intitulées le *Goût du bonheur*, issues des carnets de 1964. Le crayonné d'un couple enlacé qui nous révélait, nous. Je ne parviens plus à savoir dans quel repli de la maison elle avait su le faire disparaître en douceur, par pudeur.

Le tableau représentait une femme que ses bras gigantesques coiffent, les yeux clos, retirée de ce spectacle cru, de la puissance effroyable du désir de l'homme. Lui pose ses mains colossales d'homme de force sur des seins formés à son image. Ses membres sont des masses à peine dégauchies, son sexe idem, planté dans le sexe, sans un mouvement, l'un dessinant l'autre.

Mylène a longtemps tergiversé sur l'emplacement du clou. Le cadre a séjourné un mois au sol, le verre contre la plinthe. Je l'ai finalement remisé au placard de l'aspirateur pour éviter la casse. Sans doute un de ces étés a-t-il fini par trouver un recoin ici, passager clandestin. Il y a des objets qui voyagent sans qu'on les voie bouger.

La lumière s'écrase peu à peu et je devrais appeler. Je profite tant qu'il est possible de ce jour qui meurt de ne pas avoir été plus incroyable que cela. Liberté chérie, pourquoi ne me rejoins-tu pas ? Je m'allonge sur le transat de la terrasse ; c'est maintenant que j'aurais eu envie de parler. L'un de nous deux devrait donner des nouvelles, en prendre, mais rien n'a été clairement fixé. Il y a tellement de choses à extraire du monticule qui bourre le coffre. Je vois parfaitement Mylène défaisant une à une les strates de l'été : les seaux de cailloux, un relief de crabe qui pourrit entre deux. Elle dépose sur le parquet du salon nos dépouilles en ligne. Il y a urgence à tout neutraliser, que chaque parcelle de Ré rejoigne un tiroir, que plus rien ne les tente, que rien ne sente le large et les heures nues. L'été tout entier est soluble dans l'appartement ; c'est le pouvoir panique de Mylène lorsqu'elle rentre. Depuis notre départ à la mi-juillet, l'ascenseur n'a sans doute toujours pas été réparé. Les dépanneurs ne sont pas si différents de nous :

dès les premières chaleurs, ils se tannent en slip de bain sur le sable, à Royan. Alors tout est à remonter en bête de somme, au quatrième étage. Papa aura manqué aux enfants. Mylène aura appelé Armelle ; ma sœur qui vient, celle qui a toujours réparé au mieux : mes cabrioles, ses poupées, mon couple.

Il manque un détail à ma vie nouvelle, les cuisses écartées de part et d'autre du transat, à humer l'air qui vire. Je devrais recommencer à fumer ; une cigarette vous donne toujours le droit d'être seul.

Mylène et moi avions tous deux arrêté de fumer à sa première grossesse. Elle m'avait emballé dans un petit sachet de pharmacie son test encore humide, plus une boîte de patchs, plus un tube de vitamines C. Immédiatement, elle s'est sentie grossir, pousser des seins spectaculaires, un pubis courant jusqu'au nombril, des hanches de madone, un cul à perdre l'équilibre. Je l'avais véritablement prise.

— Ce sera un fils, promis, j'en suis sûre, je le sais. On va l'appeler Louis, comme tu as toujours voulu.

— Je dois vraiment arrêter de fumer ?

— Là je ne te laisse pas le choix.

C'était dans le courant du mois de juin, bientôt juillet et bientôt Le Bois-Plage, une fois de plus, mais avec le sentiment neuf de l'homme accompli. Nous allions rapatrier en Charente-Maritime le ventre encore anonyme de Mylène. Maman perdait déjà la boule à l'époque. Nous prendrions sa suite en juillet. Ç'aura été notre dernier déjeuner tous ensemble. Le pire.

Maman n'avait pas perdu la raison d'un coup. Un lent goutte-à-goutte de paradoxes avait nourri les alarmes de ceux qui s'en approchaient encore. Armelle et moi comptions les mois, les années plus exactement.

Avec cette grossesse, Mylène avait voulu mettre les formes : un déjeuner paisible chez maman dans son fief, sur la terrasse de Bois-Plage, près du nid de guêpes qui à l'époque polluait tous nos étés. Il aurait fallu faire intervenir les pompiers. Les pompiers et les vacances : ça sonnait tellement faux. Ils auraient fini par embarquer ma mère. Ça commençait à se voir en deux minutes. J'avais averti Mylène qui ne la voyait presque plus. Je lui avais dit de ne surtout pas goûter aux plats, il restait la baguette de pain pour attendre jusqu'au dessert du pâtissier. Elle n'avait qu'à laisser parler maman, sourire ou prétexter des nausées.

Effectivement, maman s'est pas mal relâchée. Elle s'est choisi Mylène pour confesseur. Presque un jeu de prédation.

— Vous comprenez, je ne suis jamais partie avec son père, j'ai attendu que lui s'en aille… Regardez-le, mon pauvre chéri, je devine toujours le vrai fond de ses humeurs… Tu n'auras jamais ta mère ! Donne tes doigts que je serre fort…

J'ai tourné la tête sous la pression de sa main. Je cherchais une échappée dans le fouillis de la terrasse, une trace de mon enfance. Quelque chose du fil à linge, l'antique bac en ciment où je noyais les insectes par boîtes de douze, tout était resté dans l'abrutissement initial de l'enfance. Le silence gagnait.

C'en avait été tout autrement la première fois où Mylène avait déjeuné avec moi chez maman. À l'époque, ma mère avait eu des égards, elle agissait encore en son nom propre, apprêtée, séduisante ; une rivale sûre. Quel écart ! Aujourd'hui, la poche des eaux de sa mémoire ne demandait qu'à rompre sous la pression ; elle tiendrait encore neuf années d'une interminable dérive.

Dès la béchamel du poisson froid, Mylène avait compris que la parole de cette femme s'était abandonnée au pire, bifurquante, jouisseuse. Tout de la mémoire et de la vie cérébrale pouvait sourdre puis gicler, tout allait exploser. Mylène voulait parler ; il lui revenait d'annoncer sa grossesse, même si l'honneur en fondait à mesure des déraillements de discours et des coups de tapette sur les guêpes. Mylène s'agaçait, elle avait tout mangé de ce qu'il y avait ; elle avait voulu bien faire malgré mes recommandations ; elle avait tout avalé en fermant les yeux. Elle me l'a longtemps reproché, longtemps après. Rien, aucun interstice ne pourrait se ménager pour le placer sur la table, son foutu futur gros ventre. Cette femme perdue en elle-même remuait l'univers et l'engloutissait dans son propre passé. Maman excitait les guêpes de sa tapette, tout en déversant sa tragédie.

— Parce qu'il m'a prise un peu, les premières années. Moi, je ne voulais qu'un homme, n'importe ! Un qui me monte dessus ! Je voulais vivre ça depuis toutes ces années ! Je m'en fichais de m'avilir ! Je voulais exactement ce qu'il me donnait ; j'aurais fermé les yeux à tout. Ça a été lui ; je ne l'ai jamais vraiment regardé. J'ai juste corrigé son prénom ; je l'ai raccourci, Jean pour Jean-Marie : couic !

Mylène voulait pleurer pour moi, pour ce qu'elle sentait d'insoutenable. Mais ma main n'avait pas pu se libérer de l'étreinte de cette demi-folle. Je la lui laissais comme un chiffon à la morsure du chien qui joue.

— Maman, tu es en nage ; bois un peu.

— Oui, j'ai si soif. Toi, tu ne crains rien ici. J'ai toujours veillé à ce que rien ne t'atteigne. Pour ta sœur en revanche… Et vous Mylène, vous avez soif ?

— Maman, on était aussi venus pour t'annoncer… Enfin, Mylène…

— Je ne viendrai jamais à bout de ces guêpes. Pas plus vous que moi, d'ailleurs…

J'ai donc arrêté les Chesterfield. Louis n'est cependant pas arrivé tout de suite. Ça a été une grossesse pour presque rien. On appelle ça une fausse couche. Elle nous a cependant rapprochés en vrai et comme jamais dans les larmes. Nous nous sommes regardés en pleine face des heures durant, comme je ne l'avais jamais osé, sa tête dans mes mains. Mes grosses mains couvrant ses oreilles, je l'ai protégée des mots impossibles.

Avant que la nuit m'emporte, je me résous à appeler, pour m'entendre dire que tout marche aussi bien sans moi, avec plus de légèreté sans doute. Je me fais l'effet de devoir prendre directement des nouvelles de mon foie, de mes poumons et de ma prostate. Pourtant, tant qu'on les sait en bon état de fonctionnement, on ne cherche pas à en savoir plus. On n'aime pas ses organes.

— Comment vont les enfants ?

— Ils dorment à présent.

— Ah oui... pardon, je ne me suis pas rendu compte de l'heure.

— Le décalage horaire ?

— Oui, on peut dire ça... Quel temps il fait chez vous ?

— Chez nous...

— Oui, chez nous...

— Je n'ai pas fait attention.

— Je... je ne peux pas te dire que je rentrerai, enfin quand, enfin non, que...

— Passe voir Bertrand ; tu as promis de déjeuner avec lui. Tu n'as plus de drap ; je n'avais pas réfléchi.

— C'est sans importance.

— Demain, j'envoie les enfants chez ta sœur. J'ai trop de travail ici, tu sais, c'est intenable.

— Comme tu veux.

— Armelle a contacté un notaire pour vendre la maison. Tout peut se faire très vite maintenant. Tu avances les peintures ?

— Justement, quand tu as appelé, j'étais encore en train de peindre et... j'en ai plein les mains et...

— Voilà. Je t'ai tout dit. Rappelle-moi encore.

Comme je raccroche, j'essuie machinalement le combiné grisaille du téléphone avec la manche de mon polo propre. Je me sens une seconde rempli d'existence ; des tâches en bloc à opposer à la vacuité des jours, un emploi du temps, des itinéraires. Pendant cinq minutes, je me suis fait renfiler comme un gant. La domesticité est une drogue dure.

Plus tard dans la nuit, lorsque de la cabane on perçoit les remous lointains de la mer, j'ai finalement retrouvé un drap-housse impeccable dans les rations alimentaires. Je pose le Picasso face au lit, sur la coiffeuse au marbre vieillot.

Faire l'amour ; un défi sur deux décennies. Et puis, tenter un jour la surprise c'est décevoir d'autant puisqu'on s'était fait à l'autre, chacun insatisfait. Nos corps à température. L'amour a été fait, nous nous y sommes vraiment accomplis l'un l'autre. Mais voilà si longtemps.

J'éteins. Je me fais cependant l'effet d'un homme qui ose tout, pour voir si vraiment ça fait mal – et s'il est capable d'une telle douleur – une fois qu'il a tout détruit, après ce dîner misérable où chacun s'est réjoui en mon nom. Oui, j'y suis entré jusqu'aux cuisses : la solitude.

3. De guerre lasse

Ce matin, j'ai perdu la ligne du calendrier. J'ai certes basculé en août, un mois sans nuance. Voilà quinze jours que nous étions sur l'île mais Mylène s'est évanouie avec juillet et, tout comme lui, elle n'est déjà presque plus qu'un mot. En juillet encore, elle aurait jeté sa serviette en paquet avant de courir après les enfants. J'étends aujourd'hui la mienne et je ne perçois plus les éclats de leurs voix qui roulent probablement dans les vagues.

Au fil des jours, le soleil m'a tanné et durci la peau. J'enfouis enfin mon ventre dans le sable de Bois-Plage, fidèle à mon trou que la marée respecte, reconnaissable entre tous. Pour ces dames sans âge ni pudeur qui s'entretiennent, pour le type qui replace latéralement son sexe sous la peau de son maillot mouillé, avec une grande minutie – il l'aime beaucoup son sexe –, je suis le maniaque à la pelle fuchsia qui palpe longtemps sa serviette de plage, qui creuse une fosse incroyable avec son jouet d'enfant, avec une lenteur cérémonielle, une gravité. Celui qui ôte son polo avant de s'allonger à côté de ses chaussures, les bras au-dessus de la tête et les jambes à peine fléchies. Celui qui n'attend personne.

Je regarde maintenant la petite pelle avec un apitoiement sincère. Elle a perdu son lustre du mois de juillet. Comme toujours, nous avons tout racheté à neuf à notre arrivée parce qu'il manquait un moule poisson ou un râteau à notre panoplie du bonheur familial. On les avait perdus dans les sables ou au fond de la malle aux jouets. Je plains les futurs archéologues. Quant à moi, je ne tarderai pas à parler aux objets. Je ne me plains pas.

Rien sur la plage ne saurait me dater ce jour d'août, ni le ciel obstiné ni aucune page cornée de mon Murakami que le sable humide a peu à peu gercé et ramolli. J'ai renoncé à lire ; on lit bien assez pour une vie d'homme. J'ai pour combler mes heures le spectacle inlassable du souvenir de Mylène. Elle a rejoint la mer et est entrée dans l'eau sans que j'y prête attention.

Les premières années, Mylène et moi n'avions guère plus à partager que nos adolescences qui s'attardaient. Les grasses matinées dans notre chambre, elle s'amusait à me saouler de questions pour le plaisir de juger de mes réponses, de renouer après le silence de la nuit, rire ensemble de l'exaspération qui monte, mes impatiences convenues, un petit jeu d'usure ; parler encore, sans autre motif que nos voix en vis-à-vis, jouer, grandir, construire, durer :

— Tu connais l'Inde ?

— Non.

— On ira à Bénarès ?

— Oui.

— Réponds-moi mieux que ça !

— Oui, je t'y emmènerai.

— Tu le jures ?

— Tu as déjà fait de la prison ?

— Non. Vous aimez toutes les repris de justice mais au final vous épousez le procureur.

— Je ne t'ai encore rien demandé. Tu irais en prison pour moi ?

— En prison pourquoi ? C'est stupide ; la question ne se pose pas.

— Et si je te la posais maintenant ? Et si j'avais tué quelqu'un ? Tu me dirais oui, oui à toutes mes demandes, malgré tout ?

— Si on n'y arrive jamais ?

— Nous avons déjà Louis.

— J'en ai pourtant tellement envie. J'ai bientôt quarante ans.

— C'est de l'égoïsme.

— Je t'ai connu moins con.

Durant toutes ces années, nous avons enfilé ces perles fines de l'intime, presque honteuses. Bien sûr, nous nous sommes parlé, pas mieux, pas moins. Je peux tout revoir. Nos voix me remontent toutes sans date précise, elles me bercent et gagnent à coup sûr, jusqu'au sommeil.

Ces derniers jours, je m'étais libéré de ma montre. Je fixais mes repas à mon seul estomac, je tâchais de comprendre les marées, les rushs chez le boulanger.

Quelques jours ont passé assurément ; je ne pense pas cependant m'être trop éloigné de la terre ferme. J'ai constamment faim. Je rejoins l'escalier de béton et mon vélo qui n'a tenté personne. J'avoue ne plus savoir comment occuper cette matinée.

J'enfile l'avenue de la Plage et une colère tout enfantine monte. Je fonce en direction de La Flotte avec l'urgence de gagner sur le temps. Je coupe les routes, les chemins et les pistes en véhicule prioritaire. Je cherche un havre et la stabilité : La Flotte et ses maisons de pierre de taille. C'est mieux, La Flotte ; rien n'y a jamais vraiment changé. Les gens se tiennent droits derrière leurs volets gris, RAL 7035. Je m'installe au Basque et j'attends longtemps qu'on me serve.

Je n'ai pas rappelé Mylène depuis le soir de leur départ et mon inaction fait naître en moi rien moins que l'horreur. Jusqu'où pousserai-je la lâcheté ? Le soir au pied du lit, je joue les enfants repentants : je prie en secret que Bene me téléphone. Ces derniers temps, j'ai fui la maison et sa ligne fixe. Quelque chose d'un remords me réveillait toujours dans la nuit, devant les rediffusions à la télévision. Mais je renonçais aussitôt ; je pensais d'abord aux enfants. J'aurais certes pu trouver le moyen d'appeler en journée, à l'intérieur de l'île. Il doit bien rester une cabine anachronique quelque part aux alentours du fort de Saint-Martin.

— S'il vous plaît ! Vous pouvez prendre la commande ?

— Vous n'attendez personne ?

— Non ; un pineau, c'est tout. Non. Deux tout de suite, s'il vous plaît.

Non, je t'assure, il va bien ! Il repeint ses volets à Bois-Plage. Il n'y a rien de terrible, tu vois. Cela faisait trop longtemps qu'il reportait. Lui ? Rien ne justifierait qu'il aille mal. Seulement, cela lui fait sans doute du bien de couper un peu. Il aime tant sa cabane en Ré ! On ne peut jamais savoir après tout. Bref, tout le monde en avait besoin, lui, les volets, toi aussi je suppose. Il n'est pas du genre à appeler tous les soirs, tu le connais. Les enfants poussent ; il sait comment faire pour ne pas trop manquer à quelqu'un : un vrai réfractaire, un sauvage plus exactement. D'ailleurs, si personne ne se dévoue pour descendre le chercher, on peut parier qu'il y resterait sans fin ! C'est pour ça aussi que je le pousse à vendre…

Armelle emplit l'univers de paroles apaisantes pour se rassurer elle-même. Je l'entends qui ment depuis mon île, du fond de mon verre. Santé, grande sœur !

Mon voisin tend enfin le bras vers la coupelle pour ramasser toute sa monnaie et je note qu'il est tout juste dix heures. L'apéritif ne tient plus ; je me suis laissé emporter par l'effet de groupe. Je relève mon vélo qu'un garçon funambule a fait glisser en sautant sur les chaînes qui ceinturent le port. Les parents morigènent, le gamin pousse sa rhétorique ; aucune excuse.

Sur le sentier littoral, je roule comme tout le monde roule, en contravention. Je double mes semblables, je sonne après les piétons en grappe, je passe, je pense… Une des quelques leçons d'homme dont je me souviens avoir instruit Louis est la technique de survie en sables mouvants ; vu à la télé, une nuit de juillet encore. Je me souviens parfaitement de ce samedi, l'an passé. Même plage, même château. Mylène avait froncé le regard ne sachant pas quelle attitude arrêter. La conversation retardait leur bain de mer mais c'était comme si, pour la première fois sans doute, mes intentions s'étaient unies aux leurs, dans une parole sonore et suivie, bien qu'inepte. Va-t'en mourir en Ré, enseveli lentement entre deux pistes cyclables ! Il m'écoutait bonnement et elle le regardait m'écouter, en vigie, déposant sur le sable quantité d'objets comme des diversions possibles. Je mimais la scène en levant le menton vers ce drôle de ciel. Je lui disais, garde ton calme, respire un peu et lance-toi de tout ton long, de tout ton corps sur la matière qui te mange, à l'horizontale. Couvre-la, épouse-la. Laisse-la te reprendre et te happer une nouvelle fois, mais c'est alors que tu lui échappes à nouveau, d'un grand coup de rein ! Survivre aux sables mouvants revient à une succession de victoires minuscules mais incroyablement obstinées, car nécessaires. Sans quoi on est englouti avec la même patience…

— Je peux me baigner maintenant ?

— Oui mais reste au bord et surveille bien ta sœur !

En vérité, je ne m'inquiète pas pour Louis. Il est à l'âge où le sable n'est que du sable, dense et concret entre ses mains. Il le modèle, il le façonne. Mais moi, l'expert, je déblatère alors que j'y suis pris jusqu'aux épaules. Bientôt le sable m'ensevelira tout à fait. Un tout autre sable.

Je suis devenu un père comme ils le sont tous, des potentialités héroïques qui déchantent à la graisse des barbecues, qui forcent l'habileté avec un cochonnet et qui rechignent à enfiler les tennis que Mylène ne manque jamais de poser sur le monticule de bagages, in extremis. Un père en redite, sans trop d'énergie et sans foi, qui fait sa leçon de choses parce que lui-même cherche. C'est déjà toute une vie, chercher. Un père comme tous les autres pères, un immense radeau dérivant mais serré, serré.

En vue du glacier j'aperçois Bertrand qui me hèle sans réserve. Bertrand a toujours résisté à la créature sèche que je voulais m'en faire : une existence simple, un colosse avenant, à côté duquel je trotte comme un enfant fautif. Il aurait tellement flatté mon orgueil en restant tout simplement un tourneur de grillade, un avaleur de rosé, un essuyeur d'assiette docile, ronfleur léger, lecteur estival – des bouquins de plus de mille pages, pas de la littérature ! –, une voiture high tech, jamais moins de cinq cents euros de garde-robe sur la peau. Mais sa réalité résiste. Ses pensées pèsent, ses saillies piquent, son affection est sincère. Il est doux et compatissant, comme un intime ; rien du monde ne correspond plus. J'ai dû fermer les yeux sur ma vie un temps considérable.

— Tu traînes encore ici ? Comment va Mylène ?

— Et toi ? On déjeune ?

— Il est tout juste onze heures...

— C'est que... je suis pressé...

C'est un déjeuner d'hommes. C'est particulier un déjeuner d'hommes. Nous sommes des miraculés de la Baleine bleue, accrochés in extremis à un coin de terrasse alors que quelques-uns mâchonnent encore leur petit déjeuner. C'est une commande entre deux eaux mais Bertrand connaît bien la fille. Deux célébrités à notre gauche ne nous regardent pas. Beaucoup de Julie, rien sur Mylène. C'est juste une pause virile à ne rien se dire de très actuel, rien d'ancré dans notre réalité, à chasser des élans ridicules, des incongruités d'images, comme autant de mouches devant la pensée. Seulement le plat est bon et Bertrand insiste pour payer.

Sans prévenir, je pleure, face à Bertrand, à la terrasse de la Baleine bleue. Je chiale et je mouille mon T-shirt par le haut, véritablement happé. Bertrand chiffonne l'addition, la fille le regarde sans comprendre, les célébrités se tournent vers moi...

Toutes ses insistances m'ont plus lourdement encore maintenu la tête sous l'eau. Sa gentillesse est suffocante. Je quitte Bertrand en prétextant l'achat d'une bouée. C'est symbolique une bouée : Julie comprendra. Elle transmettra sûrement. J'entre dans la première boutique venue ; il reste séché sur le quai.

J'ai guetté son départ entre deux portants « fillette », taille deux et quatre ans. Je rentre au vent qui forcit.

Avant d'arriver à la cabane, j'ai traîné près des Golandières où j'ai ramassé un petit seau de plage jaune, quasi neuf, qu'un gamin aura laissé tomber du siège arrière du vélo, dans le dos de papa. Comme ça, pour éprouver la chute des corps, le ploc de cloche contre le bitume, la distraction des parents, éprouver le monde. Je le sais presque sans erreur ; je le sais... Je l'ai promené au poignet jusqu'à la maison et cela m'a fait du bien.

Je laisse mon vélo à terre, plus rien ne le fera tomber. Je monte et m'installe sur le lit, le drap mériterait d'être changé. Ainsi dans cette après-midi secouée, je passe de la nausée aux larmes. Je tente une sieste d'enfant, en plein jet lag. Les placards de la maison ont tout rendu au sol et je n'ai toujours rien remis en place. Les volets souffrent et battent au-dehors : va-t'en peindre... Julie avait raison, je pourrais m'ensevelir sous mes propres déchets, sécher au vent qui ne retombera plus et attendre la fossilisation.

Le fait est qu'aujourd'hui je pourrais appeler ; tout s'y dispose. À quinze heures, je ne risque pas de réveiller les enfants ; même Rose ne fait pas tant durer la sieste. Rectificatif : quinze heures, passées de quatorze jours sonnants où je n'ai pas appelé. Je n'ai pas décroché le téléphone les rares fois où je l'ai entendu. Mylène, Julie, Armelle, Bene ? Pour chacune je formais une peur particulière ; toutes ensemble sonnent ma défaite. Je n'ai pas plus peint.

Messagerie : sa voix seule me soulage. Un, deux, quatre appels manqués. Mylène comprendra.

D'où est-ce que je tiens cette certitude, presque cette expérience que, une fois qu'on a atteint le pire, il se passe quelques infimes secondes d'ébahissement de n'être pas tombé plus bas encore, comme s'il en restait en réserve, tapi quelque part.

Je me souviens de l'été où Mylène attendait Rose. Mylène sur son transat. Nous nous étions repliés en Ré pour vivre simplement ce moment de vérité. Une couvade à trois : Louis se gavait de glaces, Mylène de romans de plage et de caramels à la fleur de sel et moi qui ne lisais pas. C'était déjà Rose, une fille, son prénom. Mylène avait insisté pour doubler tous les examens dès le test de grossesse. Six mois et Rose avait envahi notre champ de vision, et doublement. C'était un ventre magnifique que le paréo turquoise protégeait de la lumière vorace. C'était Mylène qui se transformait plus spectaculairement encore que pour Louis. Je redécouvrais une compagne ancienne. Sa poitrine imposait des timidités, mes mains interrogeaient avant de la toucher, ses étranges proportions réveillaient des précautions éteintes. Je ne possédais plus rien de mon intimité que notre émerveillement premier, celui qui nous avait soufflés sur ce même lit à la cabane, il y avait un autre été.

— Arrête de me regarder comme ça, vieux cochon !

Je souriais à m'en faire des crampes ; c'était vrai et triste et vain finalement. Le cochon avait pris quinze ans, autant de lard sans doute. Les muscles dérouillaient certes, mais quel désir !

— Mais regarde-moi ce cochon, ma Rose !

Tous les avis convergeaient : du repos cet été et la mécanique du bonheur serait réamorcée. Une grossesse enfin, un enfant, une famille : ça ne pouvait pas rater ! J'avais acheté un deuxième transat, des oreillers plus fermes, le matelas suivrait si besoin. Mylène m'avait fait promettre d'initier Louis à l'art du cerf-volant pendant qu'elle lirait ses pavés à la maison ou sur la plage. Elle voulait le repasser une fois de plus son vieux film super-8 des étés parfaits, voir voler haut nos couleurs : un papillon jaune et bleu à monter de toutes pièces.

— Merde, Louis ! Ne le tourne pas autant, tu vas finir par tout emmêler. Voilà ! Merci ! Je suis encore bon pour vingt minutes de nœuds !

— Ça suffit.

Elle n'avait pas crié ; elle n'était pas si proche et le vent jouait contre elle mais sa voix avait buté exactement où il fallait. Tu ne gâcheras pas cette renaissance.

Puis encore un anniversaire en Ré que rien ne devait ternir pour cette année, moi y compris. J'avais porté les sacs, fait les courses pour un dîner tout en coquilles et sans vaisselle comme je sais. Mylène s'était endormie dans le transat avec Louis au retour de la plage. Et puis Rose. À peine débarqués, Julie et Bertrand ont fermé le cercle des intimes autour du dessert et du compte exact des bougies. J'ai chanté en playback avant de souffler avec Louis :

— Celui qui en éteint le plus !

— Nous sommes résidents ! disait maman. Alors, cela doit se voir dans nos déplacements ! S'il manque une pelle ou de l'eau ou si le temps tourne, la maison est à deux pas, si proche : notre maison, à nous !

Nous arrivions en équipage léger sur la plage. Nous étions des résidents, propriétaires d'une cabane en dur que plus personne n'a l'argent d'entretenir. Armelle traînait la glacière, moi je roulais déjà dans les vaguelettes.

D'ordinaire, personne n'avait le courage de se relever du sable. Nous endurions donc la luminosité crue de l'île, plus démunis et plus touristes qu'aucun. Moi, je regardais maman dans ses occupations mystérieuses : des lettres pliées, les nœuds complexes de ses cordons de chaussures, les pages de romans qu'elle cornait. Je les attribuais à la génétique maternelle. Ma sœur et ses douze ans commençaient aussi à s'éloigner de mon monde. La vie est simple à neuf ans.

Maman ne nous rejoindra pas dans l'eau ; elle ne nous surveillera pas plus. Elle est une femme qui lit sur la plage, comme il y en a des centaines chaque été. Assise face au large, elle était alors en paix, avec son livre, sa visière blanche, le soleil.

J'avais neuf ans et je me sentais investi d'une charge encombrante, impossible. Deux femmes troublées. Mon père nous avait annoncé la veille qu'il allait partir sur un chantier très important, quelque part. J'ai dû penser « le pôle nord », j'ai dû le prononcer ; personne ne m'a contredit. Mon père au pôle nord, avec le père Noël, tous deux à désespérer de l'été qui paresse, tous deux à s'emmerder autour d'un rami ou d'une partie de dominos ou d'un mikado : ces jeux qui étaient aussi les nôtres, chaque soir dans la cabane. Exactement les mêmes ! Alors pourquoi faire bande à part ? Je n'avais pas compris alors qu'il partait définitivement.

Je crois qu'à cette période maman vivait cette île comme un empêchement passager. Elle positionnait à grands soins son corps avec l'air de s'installer sur un canot instable. Il n'y avait dès lors plus qu'à patienter, que les enfants se lassent, qu'ils grandissent vite et qu'ils reviennent encore longtemps ici, mais sans elle.

Ma dernière visite à maman s'est inscrite sur le calendrier comme un reproche a posteriori : sept semaines avant sa mort. Voilà une vérité inattaquable, voilà où j'en étais avec elle. J'avais laissé Mylène en plan avec Rose sous antibiotiques et l'assurance d'une journée infernale, pour chacun.

— Écoute, c'est comme ça. Armelle est grippée. Je passe, elle ne me reconnaîtra sans doute pas ou bien elle dormira. Je laisserai un mot, la boîte de chocolats que les filles s'enfileront.

Qu'un lien fondamental entre deux êtres puisse au final s'étioler autant fragilisait Mylène au plus intime. J'ai senti que je lui faisais peur.

J'avais offert à maman la coiffeuse à domicile en guise de diversion, quelqu'un à qui je pourrais me raccrocher. Quelque chose m'a fait sourire quand j'ai dû préciser au téléphone :

— Quelle chambre, monsieur ?

— La plus petite.

— Ah oui... Mais... Et la dame ? Je la reconnais comment ?

— Elle n'a plus sa tête... Demandez Nicole.

— Et qu'est-ce qu'on lui fait ?

— Je n'en sais rien... Ce qui se fait...

Je suis arrivé après la coiffeuse. Le crâne de ma mère avait doublé en volume et, dans sa posture de chien de concours, elle ne considérait plus que cette étrange barbe à papa qu'elle faisait jouer en secouant très légèrement la tête. Elle semblait heureuse, comme quoi. Elle a simplement parlé d'une grosse fleur du papier peint et de sa yaourtière. À personne. J'ai attrapé la peau de sa main avec la sensation équivoque de tenir un gant de toilette humide et froid. Un baiser sur sa tempe, en apnée.

Après la mort de maman l'hiver dernier, je me suis senti la proie de toutes ces photos qui s'étalaient jusque dans la cabane de Bois-Plage : des alignements de nourrissons en gelée, dans des cadres plastiques ridicules. La vie s'arrêtait donc là, aux renvois de lait caillé et aux couches alourdies, aux visages informels où l'hérédité peine encore à se fixer. Cette collection de bébés indatables permettait trop de projections et je tenais vraisemblablement mon rang dans cette obscénité. J'ai tout balancé dès notre arrivée en juillet. Les deux sacs plastiques ont fini dans le container du bar-tabac de la place.

— Tu sais que tu n'as pas le droit !

— Le bar était fermé, j'ai fait attention.

— Ne fais pas le con. Ces photos sont tout autant à ta sœur.

— Les choses ne font pas la valeur des lieux.

— Parce que tu te décides enfin à vendre ?

Le ciel de Ré se disloque maintenant comme sous l'action d'un solvant. Le bleu ne perce pas encore, c'est juste le plafond de la chambre qui s'écaille autour de la boule japonaise. Ma chambre, ma cellule exactement. Tu parles d'une sieste.

Je me dis qu'on peut souffrir, on peut encaisser toutes les humiliations du monde, on peut mordre la poussière des villes, s'avilir aux queues des parcs d'attractions, se battre pour une place de cinéma, on peut manquer de rater son train et donc la soirée qui ne promettait pourtant rien, manquer le dîner à deux, le réchauffé des enfants déjà couchés, infects jusqu'au bout, on peut se retrouver sous un lustre de cuisine, face à l'autre, aussi misérables qu'un retable et ne plus avoir envie de faire l'amour, on peut chercher la consolation dans des lectures, on peut n'avoir plus rien à se dire sinon qu'on ne se dit plus rien et que quelque chose s'est éteint d'avant, alors que les sujets ne manquent pas, non ? Ce bouquin était formidable, combien j'ai vibré à côté de toi qui dormais. On peut inverser les pôles magnétiques, irrévocablement, on peut ne plus vraiment chercher à s'éviter ; il y a ce mamelon qu'on a surpris au reflet du miroir et tu as soudain tourné le dos, on peut désirer juste une fesse, la lèvre inférieure, objectivement, le bulbe du sein, on peut fréquenter la cuvette des toilettes, on peut céder des pans entiers du réel pour éviter les mots : on tient les bagages, on attache les enfants, pas plus, on force la station de radio comme un bastion irréductible, l'œil ne quitte pas la molette, on se charge des ronds : le volant, les pneus, la molette, comme d'ultimes territoires, cela suffit à être viril, on peut ne jamais céder le volant, on peut risquer l'endormissement, les bandes rugueuses, les arrêts d'urgence, on tranche les pauses pipi en magnanimité, on peut s'être autant retranché, cela n'importe pas tant, cela tient puisque tout s'enchantera une fois au moins, une fois les pieds dans le sable. L'été !

Tout finira pour le mieux puisqu'on se pose enfin un peu, puisque le sable chauffe déjà nos fesses. Même que, sans la serviette, on n'y tiendrait pas. L'été partout ! Notre île est un sanctuaire et nous sommes cette île, parvenus au point zéro de nos vies : la mer. La mer où tout pourrait une nouvelle fois se relever : les murailles, les regards, le désir.

Il est dix-sept heures. Les journées perdent sournoisement en luminosité. C'est d'ordinaire à cette heure-là que Mylène et moi commençons à négocier le retour de la plage. Les enfants achèvent lentement leur destruction du site, Mylène retourne soudain à l'eau et s'immerge plus loin encore, hors de portée, à moins de hurler au désespoir. Elle gagne toujours une belle demi-heure où je m'assombris. Louis a très soif et râle ; les bouteilles vides ont plus rincé le sable sur les dos que désaltéré les gorges. Rose pleure sans se remettre de ce qu'un méchant lui a encore écrasé ses gâteaux ; chaque grain sur sa peau l'insupporte alors. Tous les deux m'insupportent.

Depuis combien de mois n'ai-je pas parlé à Mylène de face, sans regarder un pare-brise, un écran ou les enfants, sans être aveuglé par le soleil, sans mesurer la distance entre elle et la porte de la pièce voisine ? Il y avait des fois, comme dans un conte, où je collais mon front au sien, calée contre le mur de la cuisine, adossée, acculée, démunie. Mes mots entraient en elle ; je pouvais suivre leur course dans la fibrillation de ses paupières, leurs replis minuscules, la composition de son souffle et les variations retenues de la lumière à l'arête de son nez. Des mots purement charnels. Oui, nous avons eu parfois des instants de grâce.

— Dis-moi ce que tu penses.

Mylène avait d'abord pouffé ; c'était trop beau. J'avais tourné mon regard vers elle, avec une attention vraie, moi ! Et puis, il ne s'agissait plus de rire. On entendait les cris des enfants dans la cour d'école voisine, récréation générale. Nos respirations s'accordaient, j'avais des tas de choses à lui dire. Mylène savait ; quarante, cinquante, cent ans, même morts on se collerait encore ainsi, crâne contre crâne, sous la pendule de la cuisine ou ailleurs, il y aurait toujours matière à se parler. Un instant encore, Mylène avait gardé une dernière réserve : quelle arrière-pensée est-ce que je pouvais encore dissimuler au fond de mon crâne, mon sale petit pois à moi… Elle voulait juste chasser les ombres.

— On fait l'amour ?

— Ça a déjà commencé.

J'ai filé vers la plage et j'ai lutté pour garder intacte cette pépite dans mon crâne, pour ne pas céder au cynisme de notre défaite.

Rien ne reste plus des erreurs passées, pas même le moyen d'y remédier. Je suis en flottaison sur l'Atlantique. J'ai l'allure détachée et frivole d'un passager, qui vit la routine infernale des traversées transatlantiques, de sa cabine au pont, du pont à la salle de restauration, du mess à la coursive et du dîner au lit. C'est un au-delà du tourisme. Je n'ai rien à expier de particulier. Personne à qui le dire plus exactement. Je ne vais pas mal ; je vais. Voilà.

Du haut de l'escalier qui domine la plage, je distingue mes repères : mon baigneur invétéré et son slip de bain crème d'une autre jeunesse. Il a des mains incroyables d'homme de force, la prochaine cigarette calée derrière l'oreille et une science exacte des gratte-ciel de sable : lui aussi rêve sa plage. C'est sans doute lui le dépanneur que tout l'immeuble attend depuis le mois de juillet. Les jambes écartées, il oublie les ascenseurs en panne ; son building commence à faire sensation. Il fignole. Plus à gauche, les deux amies que l'eau n'intéressera jamais parlent en se modulant l'une l'autre pour préserver l'écoute alerte aux sons environnants, puis la fille seule qui fume sur son tas de mégots, elle semble chercher quelque chose autour d'elle : une réponse, un cendrier ?

Et puis quelqu'un. Je n'ai vu qu'un corps, sans détailler plus avant. Un poids lourd sur le monde, parfaitement là, attiré par l'étrange cuvette dans le sable. Mon sable. Un individu s'est assis sans intention sur mon territoire, ma concession. Il n'a pas reconnu le site ancien, le caillou que je dépose toujours en bornage lorsque je quitte les lieux. Il l'a simplement jeté plus loin. Tous auront relevé ; personne pour agir.

Je me perce à nouveau le ventre d'un complexe tout neuf : je suis un caillou qu'on déplace.

— Des glaces ; ça c'est original pour un anniversaire, non ?

C'était l'été de mes neuf ans. Maman ne souriait plus et son esprit était ailleurs, elle n'avait pas su anticiper. Nous avions erré toute l'après-midi à sa suite de la poste à la banque, autant de courses absurdes en vacances, à attendre des communications, à la voir s'agacer dans des paperasses, des rites étrangers ici. Armelle et moi l'avions suivie sans comprendre, usant nos claquettes dans ces trajets de fourmis, tâchant de filer son train inhabituel. Elle ne se départait plus de sa visière blanche et ne s'était pas changée depuis la plage le matin. Elle avait simplement noué deux grands foulards fleuris en une composition savante sur son maillot. Son petit sac tressé au bras, on l'aurait crue en route pour une soirée mondaine. Justement, mon anniversaire se calait cette année sur un vendredi qui s'endormait doucement. Il était tard, nous étions encore loin de la cabane, nous ne devions pas tant marcher et les vélos nous manquaient.

Le pâtissier avait fermé tôt, restait le glacier, in extremis.

— Écoute, si on se dépêche, elles ne seront pas fondues avant qu'on arrive.

— Et les bougies ?

Armelle venait d'attraper un bout de l'ironie ambiante. Personne n'avait osé ajouter un mot de plus.

La maison était prête pour le départ du lendemain. Comme de coutume, papa avait dû batailler avec le coffre pour charger le gros des bagages, le ménage attendrait tante Monique qui enchaînait dès l'après-midi, restait à fêter l'anniversaire du petit, neuf ans tout de même.

Je n'ai jamais voulu lire ma vie à travers le spectre de mes souvenirs, mais nous étions attablés sur la terrasse autour de trois énormes pots de glace fondue et les guêpes nous avaient précédés ; bientôt la curée. En rentrant, Armelle avait eu avec ma mère une brève conversation dans la salle de bain que je n'avais pas pu voler, leurs voix englouties par les tuyauteries. Dès lors, elle ne souriait plus qu'à moi et s'appliquait comme face à une cible. Armelle a toujours obéi au meilleur d'elle-même. L'heure importait peu, papa avait fini de fermer les volets, on commencerait le repas par la fin, glaces oblige, un monde à l'envers pour ce soir-là, un mauvais pli. Il fallait chanter.

— Joyeux...

Ça s'appelle un playback collectif, un chœur d'hypocrites, tous nauséeux. Je crois avoir commencé à chanter pour moi seul, juste ma part. Armelle avait poussé deux syllabes de plus puis s'était tue. Mettons qu'à neuf ans, on est trop jeune encore pour défier le monde et lancer à travers la figure de ses parents sa tarte à la crème, la crème déglacée, les guêpes en sus. Mais c'est la seule pensée qui me soit venue. Ça vaudrait de recevoir en retour une gifle, un coup, qu'importe ? Cela aurait fait partir mon père plus vite encore ; il n'était plus avec nous depuis longtemps. Je n'ai rien fait ; c'était trop tôt.

On a longtemps observé les guêpes à leur festin, quelques-unes engluées puis mortes de s'être bâfrées, d'avoir joui, d'avoir vécu, des guêpes confites. Au soir de mes neuf ans, ils m'ont fait le cadeau d'un deuil blanc, indélébile. Il aurait mieux valu les tuer toutes franchement, eux trois également. Un pot de glace écrasé sur chacune de leur gueule.

Papa est parti ce soir-là pour ne plus revenir, laissant à ma sœur et à ses douze ans un des plus lourds secrets du monde, un secret dont il faudrait me tenir à l'écart aussi longtemps que possible, trop longtemps sans doute. Je ne devais jamais savoir ce qui s'était transmis de mère à fille dans la salle de bain de Bois-Plage ce 31 juillet et que je mettrais tant d'années à découvrir, presque jour pour jour. Ce que valent les hommes.

Cette journée flottante fraîchit à mesure qu'elle s'éteint. Je décide de retourner au pont avant que le soir ne referme l'île. Je presse l'allure et je coupe les ronds points, les parkings ; je contourne le port de la Flotte, ras le précipice. J'avance et le battement de mes pas sur la craie du chemin et le frottement serré de mes vêtements et la mécanique extrême de mon souffle me tirent d'une immense torpeur. Doucement, un paysage se redresse autour de moi et ma silhouette se redéfinit. La conscience reflue dans mes veines.

Je marche et il me vient le besoin d'éprouver ma voix, ce qu'il en reste après un si long repli. Combien de temps ? Quatorze jours ! Je cherche avant tout quelque chose à dire, seul sur la falaise, à l'approche de Rivedoux. Que peut-on avoir à se dire à voix sonnante sans basculer tout à fait dans la folie, sans effrayer les promeneurs qui se traînent ?

Mylène ? Par trois fois, j'ai appelé Mylène comme une présence devant, une joggeuse plus rapide, une femme dont on va à la rencontre : Mylène !

J'intensifie la marche.

A-t-on véritablement de la compassion pour celle dont on dit qu'on l'aime, dont on dit qu'on a uni sa vie et son sort dans la même trajectoire, dont on a d'emblée refusé de porter l'anneau de mariage, un snobisme de rebelle mou.

Nous nous sommes mariés pour les meilleures raisons, celles qu'elle a acceptées, rien ne pressait tant au fond : les impôts, le clinquant du château, le régime obligatoire, un voyage impossible aux antipodes, des chèques, des chèques, des chèques. Mylène a tout accepté. Elle voulait simplement un enfant.

Le pont se cambre à mesure que j'approche. Je comprends ce qui a épuisé Mylène. Je n'ai jamais ressenti aucune compassion pour sa peine. Avec quelle facilité je me suis convaincu de l'avoir comblée de remerciements : merci pour les enfants, merci par deux fois, merci pour ce dinosaure qui ne me pèse pas, merci encore pour l'insouciance de mes jours. Un théâtre parfois, des bijoux anciens à date fixe pour me réjouir de les posséder tous deux, ce voyage à Venise contre toute désespérance.

Néanmoins, j'ai dédaigné ses peines comme des inconvenances. Par la toute-puissance de mon désir, j'ai biffé ses rêves de sculpture, de photo ; pas assez de place, tu comprends. Dans le même temps, je l'ai si bien pressée de reprendre ses passions d'étudiante et de m'en livrer vite les performances que son gros Canon a rejoint un jour Ré. Mylène avait dit vouloir prendre quelques portraits sur fond de mer. Elle n'attendait qu'une phrase pour renoncer et tout abandonner sur place.

— Au prix que tu l'as payé, tu ne vas tout de même pas l'exposer au sable.

Mylène s'est laissé coloniser et j'ai tout imité du colon : les pieds sur la table, des totems partout dans la maison.

Le vent forcit, tourne et s'oppose à la marche. À chaque pas, une idée chasse l'autre. Et si le téléphone sonnait à la cabane ? Si Mylène me pardonnait cette dérive et m'adoptait encore ? Je sais quoi lui dire ; on pourrait se raconter le bonheur qu'on a vécu. Ça avait été simple d'être heureux ensemble, sauf que l'exprimer vraiment m'a toujours coûté. Je voulais le respecter ce bonheur, ne pas le réduire à la trivialité des jours. Elle savait le dénicher là où je l'avais mis, un plein pour sa voiture, un tri de factures, un cinéma, un sandwich sur un banc. Le bonheur comme un amas de brindilles.

J'ai voulu prendre une distance. Je pensais sincèrement que ça valait le coup mais quelque chose a changé. Si je ne revenais pas ? Si je ne pouvais plus ? Au fond de moi, je sais que s'il y avait une rupture à décider dans notre couple, seule Mylène saurait. Pourtant rester ici, c'est l'avoir déjà dit.

Me voilà profondément engagé sur la voie piétonne du pont, giflé au vent ; je n'ose plus avancer. Alors que je me cramponne à la rambarde, j'ai froid. Un cycliste arrive à ma rencontre qui pousse son vélo de côté. Il vient du continent dans un accoutrement de maquisard ; ficelé au porte-bagages, son fusil. Il a du ventre ou une gibecière. Lui voit tout de suite clair :

— Vous ne vous sentez pas bien, monsieur ?

Il porte une barbe de prophète et des yeux repus. C'est le père Noël qui revient d'un repas de chasse arrosé.

— C'est gentil. Je ne me voyais pas redescendre seul. Je ne sais pas ce qui me prend...

— Un coup de vertige ! Vous êtes livide. Vous êtes bien vacancier ?

— Ça a l'air de vous décevoir.

— Pardonnez-moi, un vieux réflexe. Je suis agent immobilier et chasseur qui plus est, vous aurez remarqué ! Alors les deux combinés ! Vous me comprenez. C'est d'ailleurs strictement la même chose. Si bien que les gens de passage mettent un peu moins mes sens en éveil... À moins que vous ne vouliez acheter !

— Non, il s'agirait plutôt de vendre.

— Ah ? Quoi, un studio ?

— Une maison.

Il s'appelle Éric Flandry, sa carte est déjà glissée dans ma poche, marié, trois filles, et devient mon ami à peine avons-nous atteint le premier rond-point. Il a une belle conviction, il veut voir la cabane au plus vite, en l'état, sans que je touche à rien. Je me sens plus perdreau que jamais.

— L'authenticité ! C'est ça qu'ils achètent tous. Après, les fissures, les reprises de gros œuvre : pfft !

— C'est que j'ai pas mal vidé les placards ces derniers jours. Je vais remettre un semblant d'ordre.

— Laissez-moi faire le tri. Combien de générations vous me dites ?

— Quatre ou cinq, au minimum.

— Ça, c'est parfait !

Il habite à l'entrée de Rivedoux dans un blockhaus blanc, avec piscine et pelouse grasse. Il me laisse avec une deuxième carte dans la main, plus un laïus sur les idées préconçues relatives aux frais d'agence.

— Si vous voulez m'accompagner au Bois-Plage, je peux vous la montrer maintenant.

— Oui, je comprends, mais ma voiture est restée à La Rochelle, à l'agence et, de toute manière, rien ne se vendra un 15 août, n'est-ce pas ? À mardi donc ?

Le vertige ne m'a pas quitté de tout le retour ; j'ai attrapé une saloperie en voulant quitter l'île. À peine avais-je atteint la cabane que je me suis couché.

Je grelotte sous ma couverture devant les documentaires nocturnes et j'enchaîne les tisanes. C'est toujours à ce moment mélodramatique qu'on la désire à soi, aimante et dévouée, une caresse, un baiser, un thermomètre : l'infirmière qu'on s'est choisie. Heureusement, Mylène n'a jamais éprouvé la moindre compassion pour mes blessures de guerre.

Ré s'éveille sous la grisaille, j'ai repris le cours du temps sans être plus rassuré que cela. La prochaine saison s'est déjà installée sur le sable. C'est généralement le lundi que Mylène reçoit sur rendez-vous. Pour entendre sa voix, il me suffirait d'appeler en visant juste. Comme à chaque fois que la fin du séjour approche, je me sens le devoir de dresser l'inventaire vivant et croissant de la décrépitude de la cabane familiale. J'inspecte, je me prends pour Proust. Six pièces et demie qui relisent nos années, un poster de la mer et tous les détritus marins trentenaires que les enfants tassent dans un coin de leur chambre parce qu'ils puent ou qu'ils en ont l'air. On ne devait rien jeter de la maison de maman… Je me lance dans ma tournée d'adieu, double paire de chaussettes aux pieds, le nez qui goutte.

Le type de l'agence m'a rappelé vers dix heures pour pister d'un peu plus près son gibier de la veille. En bon chasseur, il se méfie des espaces vides où le client reprend confiance en lui et change brusquement de direction.

Je peux tout laisser en l'état. Il m'assure que, paradoxalement, il y aura là un « plus vendeur ».

— Ça ne se voit qu'ici cette folie du souvenir ! Alors, plus c'est fouillis, plus vite ça partira ! Reste à convaincre votre sœur.

— C'est elle qui veut vendre.

— Entre nous, je la comprends. Ré n'est plus ce qu'elle était depuis qu'ils ont fait le pont…

Un peu avant midi, j'ai finalement appelé Mylène.

— Mylène, c'est moi, j'ai finalement compris. J'ai réalisé que je refusais de te faire vivre cette suite-là, telle qu'elle s'était déjà écrite dans chacune de nos journées ici, dans chaque détail. Mylène, j'ai vraiment pensé que je ne pouvais plus continuer à faire peser sur nos vies mes angoisses et mes fantômes, porter cette maison comme une charge. J'ai voulu tout arrêter de cela, trouver un sens et me confronter à moi-même, pour de vrai cette fois. Alors ça y est, j'ai mis la maison en vente, j'ai presque tout réglé ici. Je pars et je reviens très vite, quelques jours au plus. Je sais que tu n'appelleras pas, c'est à moi de revenir. Je te parlerai de tout ce qui va changer et puis vous me…

— À la fin de l'enregistrement, appuyez sur dièse.

J'ai confié un double des clés à Flandry. La dernière visite n'a pas posé de souci ; un rangement sommaire comme demandé qui m'aura tout de même tenu la semaine, entre le brocanteur et la déchetterie. J'ai tiré mes congés jusqu'au bout, la perspective de la rentrée me dispense de penser à la suite, aux enfants qui finissent l'été à la piscine avec leur tante.

Le marché est si affamé ; la cabane partira en quelques jours. Ce n'est pas si petit, à deux pas de la plage tout en étant dans le bourg, pas mal défraîchi mais propre et les propriétaires sont pressés : une affaire. Le cachet de l'ancien et plus :

— Une âme !

Je serre la main de l'agent immobilier et de la stagiaire boutonneuse qui l'accompagne. J'ai rejoint machinalement La Flotte pour y abandonner mon vélo contre un autre. J'ouvre *Le Monde* en attendant mon taxi.

J'ai fait en sorte de réserver le taxi de la dernière fois, avec l'espoir puéril du même bonhomme, d'une poignée de main.

Je tue le quart d'heure qui me reste assis sur un coin de chaîne devant le Basque qui refuse d'ouvrir. L'été l'emmerde, lui.

Le taxi fait vaguement semblant de me reconnaître et c'est une renaissance. Je rentre en humanité ; j'ai une envie compulsive de parler. Ensemble, nous roulons à la rencontre de nos semblables. Pas longtemps. Deux kilomètres avant Rivedoux, nous prenons notre place dans le bouchon à l'arrêt total.

— Vous pensez que j'aurai mon train de treize heures à La Rochelle ?

— Vous ne venez pas souvent vous...

— Si, pourtant...

— Aujourd'hui en tout cas, c'est spécialement tendu !

Le nez à la vitre, je ne me demande pas si la cabane va me manquer. Il s'agit avant tout d'effacer tout souvenir d'elle et de ce qu'elle renferme, définitivement. Mylène aura eu mon message lundi dernier, j'ai pu tout de même lui dire l'essentiel. Elle n'a pas rappelé, moi non plus, mais c'est dans l'ordre des choses. Je rentre, papa rentre, je rentre tellement ils me manquent. À Paris, j'ai tout à reconstruire, une reconquête amoureuse, et pourquoi pas une jouvence ? Je suis prêt à tout endurer de l'amour pour le refaire encore avec Mylène, plus près que jamais. Je suis persuadé qu'à l'heure de la vieillesse, la vraie, Mylène comprendra à quel point j'ai eu raison de tout faire renaître entre nous. J'ai sans doute manqué de manières, c'est mon style tout particulier, mon charme ? Hier, j'ai laissé un autre message à sa secrétaire pour l'informer que je prenais le train aujourd'hui. Besoin de rien, je prendrai un taxi, j'arrive. Du coup, mon chauffeur m'inspire des sympathies et je me lance :

— Vous savez que vous êtes le premier Rétais à qui je parle vraiment depuis toutes ces années que je viens ici ?

— C'est peut-être parce que je viens de Montargis ! C'est sympa Montargis, mais ce qui me manquait, c'est le vent ! Ici, ça change tout le temps ! Y a pas deux jours où le ciel et la mer sont pareils !

— Pourtant depuis... depuis quelque temps...

— Vous ne savez pas regarder, voilà tout !

À peine notre cortège accroche-t-il les premiers reliefs de Rivedoux qu'une vague de désespérés fait demi-tour. Ils dévissent et entraînent dans leur renoncement toute une file pressée. Ils retournent à la plage, pour une bouchée de plus, pour passer leurs nerfs dans la folie des vagues que le vent creuse aujourd'hui ; les maillots sont encore humides de toute façon. Nous gagnons vingt mètres.

— Je peux vous demander votre prénom ?

— Je veux bien mais d'ici à ce qu'on se revoie ! Vous reviendrez l'an prochain ?

— Non, je ne pense pas...

— Écoutez, je vois bien comment ça tourne. Vous feriez mieux de descendre ici et de traverser à pied. Passez donc par la plage. Une fois après le pont, vous aurez encore une chance d'attraper votre train.

— À pied ?

— À moins que vous ne vouliez que la course me paie mon prochain taxi ! C'est vous qui voyez !

Je règle et déserte le troupeau qui me jette un œil de dédain marqué. Ça redémarre un peu. Mon taxi force le mouvement et repart à rebours de cet exode millimétrique.

— Pour mémoire, moi c'est Eddy ! Adieu, comme on dit !

Le passage du pont est une épreuve. Je sens exactement la structure qui ondule et qui rue sous la force du vent. Tout concourt à ce que je ne revienne jamais.

À la gare de La Rochelle, on annonce des retards, des averses en pagaille. Je gobe mécaniquement des pastilles à la menthe sur une banquette plein vent, je me cale un peu. La gare a peu changé depuis mes classes de marin sans navire. Je guette le pioupiou qui n'existe plus, celui des trains de nuit qui s'allongeait au travers de la banquette, les bras croisés ferme. La menthe me gagne le crâne et picote.

Mon express arrive telle une bête mythologique, tout ruant d'aventures. Deuxième classe, je rêve d'un wagon fumeur.

Je redécouvre le confort incertain des liaisons ferroviaires. Dans la cohue, j'ai dû me contenter d'une place assise à contresens. Les premiers kilomètres sont une affaire de respiration et d'évitement pour ne pas rendre mon sandwich contre le paysage qui roule. Ma voisine est une étudiante à qui ma dégaine déplaît.

Elle tourne les épaules de dix degrés en direction de la vitre. Sa tablette est chargée de son nécessaire de voyage. Rien de frivole : *Libé*, un coca, quelques miettes et la *Monadologie* de Leibniz. Elle plonge dans sa philo comme à la veille d'un partiel, elle rentre dans un mois au plus. Pas besoin d'en faire trop…

J'ai passé toutes les gares comme des ultimatums intérieurs. Je voulais lui parler puisque nous avions ce livre en commun, Leibniz, qui me rappelle ma jeunesse studieuse. Je pense aux regrets d'un Schlegel qui se désespérait d'avoir quitté le temps où ses vingt ans faisaient jaillir un concept par jour, une idée neuve. Cela me remonte en flux gastrique. Schlegel devait avoir mon âge quand il s'est mis à chialer sur son fantôme.

Durant toute la remontée, je me suis convaincu qu'engager une bribe de conversation avec cette fille serait une renaissance : Excusez-moi, mademoiselle, je peux vous demander si c'est bien la *Monadologie* ? Excusez-moi, je peux vous emprunter votre journal ? Je voudrais juste savoir où ils en sont, au Yémen. C'est incroyable ce qu'il se passe, non ?

Non, je suis resté avec mon Che orange, mon sac fuchsia et mes orteils sales. Passé Tours, je me suis endormi et, à mon réveil, ma voisine avait disparu sans que j'en perçoive le moindre parfum dans l'air. Elle a laissé ses miettes sur la tablette ; elle a bel et bien existé.

Gare Montparnasse, je n'attendais personne en particulier si ce n'est peut-être une rencontre fortuite avec Bertrand courant après quelqu'un. Un ami peut-être. J'ai attendu quarante-cinq minutes pour un taxi. Une fois à bord, nous nous sommes mutuellement fait la gueule.

4. Traité de paix

Un des derniers jours d'octobre frémit alors que les arbres se sont à peine mis à nu. L'après-midi se termine et je suis allongé à plat ventre sur le canapé convertible. Les draps sortent du sèche-linge et offrent un séjour douillet à la paresse du week-end qui débute. Dans la chambre, les enfants déballent leurs affaires et se disputent pour un jouet que Myriam aura rangé dans la mauvaise malle. Elle a dû déposer le double des clés dans la boîte aux lettres après le ménage. Elle fait ses deux heures hebdomadaires, selon le nouveau train des choses. Rien ne presse de les récupérer.

Mon nouveau lit repliable vaut vraiment qu'on s'y vautre et la nouvelle télé qu'on se colle au monde. Je monte le son pour couvrir les cris avec des cris : la Syrie implose.

La promesse de vente est signée. La cabane revient à deux retraités impeccables qui se retirent du monde. Ils n'y connaissent pas l'hiver, le sable projeté par le vent qui abrase les matériaux les plus durs, les volontés aussi. Leurs visages étaient étonnamment enfantins, un bonheur frais pour tout recommencer ensemble, bien mieux.

La fortune promise, les paquets s'amoncellent sans attendre dans mon petit appartement : du neuf, du neuf, des os.

Armelle est repartie après avoir déposé les enfants. Elle aussi possède une longue expérience de l'esquive : elle détourne leurs conflits dans un jeu, une chanson contre le silence, leurs angoisses avec une glace. Ils ont débarqué avec leurs cornets, leurs bottes de pêche au coquillage et leurs bonnets de laine. Vision aigre-douce. Ils reviennent de la mer, la Vendée, Saint-Jean-de-Monts, pourquoi pas. Armelle est devenue plus que d'ordinaire le maillon nécessaire de notre nouvelle organisation. Rien n'était officiellement tranché, pour les vacances scolaires surtout. Alors tante Armelle constituait un terrain neutre pour la Toussaint, une parenthèse de confiance. De part et d'autre.

— Les enfants, terminez vos glaces dans la chambre. J'ai quelque chose à voir avec votre père.

— Tu les reprends quand ?

— Quand je peux. J'ai aussi une famille. Greg…

— J'ai toujours détesté ce diminutif.

— Quand est-ce que tu pardonneras aux autres de ne pas être toi-même.

Nous avons vaguement évoqué les fêtes de fin d'année devant un gobelet de thé et les biscuits dont elle nous gratifie à chacune de ses visites. Elle étouffe les complications à venir sous des kilos de brioche vendéenne. Elle prend l'initiative des jours et du calendrier. Il n'y a qu'à se laisser guider.

Je crois que la cabane de Bois-Plage lui manque dans la mesure où elle n'a plus d'espace où stocker ses provisions sèches. Elle est plus exposée que jamais aux caprices du destin, aux pénuries qui guettent, à la famine. Son appartement à elle s'est mué en garde-manger ; un refuge pour son frère qui se sert dans les placards quand il passe à Vanves. À mon tour, je meuble :

— Tu feras quoi l'été prochain ?

Une rumeur naît et enfle lentement depuis la chambre des enfants. Armelle se lève, je l'arrête :

— Laisse-les crier. Ça va retomber tout seul.

— Vous ne voulez pas venir avec nous à Banyuls ? Tu n'imagines pas comme ça libère l'esprit de n'avoir aucun souvenir là où tu es.

— Je ne sais même pas si j'aurai les enfants.

Rose et Louis s'entredéchirent maintenant jusque dans le salon. C'est un râle amplifié par le vide des lieux. On les croirait deux cents, des fusils plein les bras, des lames, qui marchent bientôt sur moi. Il s'agit de savoir lequel des deux gardera la petite pelle fuchsia et je comprends que l'enjeu les dépasse autant qu'il les enrage. Ils se disputent la relique de tous leurs étés. Le plastique que la friction continue à manger garde un air encrassé du sable originel. J'interviens.

— C'est bon ! C'est Ma pelle !

Stupéfaction. Armelle embrasse Rose puis Louis et me tend sa joue.

— C'est quand même difficile, tu sais…

Avant de refermer la porte, elle n'a pas déposé les clés de Myriam qu'elle récupère d'ordinaire dans la boîte par je n'ose imaginer quelle acrobatie. Quelle que soit la configuration des lieux, Armelle y instaure aussitôt des rituels domestiques ; elle fait des rondes, des passages à l'improviste, des gâteaux.

Je n'ai pas eu le temps de réfléchir. À peine sortis de l'été et la rentrée de Rose à l'école s'est imposée à nous. Sa toute première. Mylène ne pouvait absolument pas se libérer d'une audience protocolaire, je suis passé chercher ma petite Rose plus tôt que prévu à l'appartement, le leur à présent. Je voulais marcher avec elle, un long trajet jusqu'à la grille de la maternelle. Je voulais sentir la petite chose qu'est sa main, une douceur qui tenait fort mon index. Avec le pouce, je caressais à peine sa peau à chacun de nos pas. J'ai toujours fait ainsi, pour elle comme pour Louis. J'ai toujours espéré que ces infimes tendresses me renverraient un jour leur affection au centuple, plus grands.

Nous avons tourné à droite après la boulangerie avec cette allure unique de ceux qui marchent ensemble, avec le souci de l'autre, à chaque instant, une harmonie singulière mais évidente. Rose trottait et se taisait dans son manteau miniature. Ses boucles anarchiques se perdaient dans son col fourré de dame. Elle avait la démarche de ces très vieilles personnes qui basculent tout leur poids d'une jambe sur l'autre et se pressent pourtant, mais Rose était digne. Elle avait décidé qu'elle ne pleurerait pas, comme attendu, comme c'était permis, elle le savait. Elles en avaient longuement parlé avec Mylène le samedi d'avant, celui de mon déménagement, de mère à fille, déjà. Moi, je lui racontais mes rentrées imaginaires, toutes ces larmes versées puis oubliées dans les rires et les craies de couleurs. Je voulais lui dire où nous irions l'été prochain, à Noël, la Toussaint, lui demander si la piscine avec sa tante lui avait plu mais je ne pouvais pas. Alors va pour mes aventures de livres d'école, des jeux de billes auxquels je n'avais jamais joué, des Indiens démodés. Je me faisais honte, Rose se taisait. Plus nous approchions et plus sa main se crispait autour de mon doigt. Elle tenait ferme et ravalait ses larmes une à une.

Dans la classe, la maîtresse avait été forcément gentille. Sur les fiches de renseignements, elle avait tout surligné en rose par avance pour se rendre agréable. Adresse du papa, de la maman. C'était dit, c'était fait.

Il m'aura fallu tout le mois de septembre pour réaliser à quel degré Mylène s'était détachée de moi. Elle avait repris à bras-le-corps toute la charge administrative, je n'avais qu'à me laisser guider par les lignes des formulaires, les dates à l'agenda, les convocations chez le juge. Jusqu'au bout, elle aura précédé mes pas, balayant les obstacles pour que je pose le pied en insouciance. Mylène aura cultivé plus qu'une autre mon immaturité. Je l'aurais pourtant suivie jusqu'à l'ultime vieillesse. La mort ne nous séparera donc pas.

À neuf heures trente, je m'étais vu partir de l'école comme toutes les mères faisaient. Rose m'avait embrassé en poupée de collection et s'était d'emblée prise d'affection pour sa maîtresse Kathy. Je lui avais adressé un dernier salut de la main derrière la vitre, un garçonnet m'avait gentiment répondu. J'étais ressorti en chialant.

À mon retour de Ré, nous avons vécu la dernière semaine d'août en apesanteur. Mylène était partie en séminaire pour quatre jours, un séminaire en août ? J'ai récupéré les enfants chez Armelle, elle prenait enfin ses congés, je tombais à pic. Je me vidais la tête dans la préparation de mes cours, j'allais reprendre ma carrière d'historien discount : montreur de cartes, dresseur de listes, boucheur de vides, cracheur d'obus, avaleur de sabres, menteur comme tout. Un neurone patriotique, petit illusionniste de l'histoire. J'allais redevenir l'automate des mortes saisons, j'enfilerais les rangs de ma classe dans l'espoir d'une lueur, d'une copie éminemment absurde ; une délivrance. Mais non, mes braves laborieux se disputeraient toujours le siège vide sur la photo entre de Gaulle, Hitler et Mussolini. Rien que de très raisonnable.

Mylène m'appelait pour prendre des nouvelles des enfants et s'en voulait déjà de devoir manquer aussi la rentrée de Rose. Ses phrases étaient également automatiques, dénuées d'elle-même. Je n'avais rien pu lui dire de ce que je pensais être encore au cœur de nous. Je me sentais définitivement décentré. Restait sa voix, puis le silence.

— Tu penseras à remercier ta sœur. Je ne sais vraiment pas ce que j'aurais fait sans elle.

J'étais revenu avec une énergie romantique, des tirades à l'en saouler pour le restant de ses jours. Le matin en me rasant, je repassais tout seul le détail de mon visage. Mylène ne m'avait jamais demandé de ressembler à autre chose qu'au petit négligé d'homme qui se cherchait éternellement un rasoir jetable dans la corbeille de la salle de bain. Je m'accrochais alors à n'importe quel souvenir.

C'était encore une fois en juillet, il y a un an seulement, sur l'île. Cet été-là, j'avais comme réappris à jouer avec les enfants et avec Mylène. J'avais réussi à me relever un peu plus de moi-même. Il faisait nettement chaud, Ré grillait sous un ciel en majesté. Mon corps était devenu un jouet irrésistible. À la cabane, je m'étais épuisé à remonter puis redescendre sans cesse de la salle de bain avec à chaque fois une barbe différente : des favoris de patriarche, une barbiche de fakir, une moustache ottomane. À chaque apparition, Louis se jetait dans les rires et trépignait au pied de l'escalier. Rose se cachait les yeux de tant de miracles et criait par mimétisme, assise sur son tapis. Depuis le canapé du salon, Mylène avait joué le chœur et fini par poser son bouquin.

— Maman ! Tu as vu la tête que ça lui fait ?

— Quelle horreur ! On dirait Hitler !

Nous avions réinventé l'imaginaire et la simplicité. Je me pressais de l'escalier au lavabo en maudissant mes kilos. Puis je ménageais des descentes de meneuse de revue, orchestre de cuivres compris. Il y avait longtemps que je n'avais pas vu Mylène pleurer de rire, ces larmes-là valaient qu'on pleure. C'était seulement juillet, il y a un an, une parenthèse des fous. Qu'est-ce qui nous est arrivé ?

Il a fallu que je parte de l'appartement le premier week-end de septembre, et tout le monde s'y est mis. Il s'agissait de ne pas faire durer une transition impossible, je l'avais d'ores et déjà toute consumée. Durant mon absence, Mylène avait remué ses contacts, un réseau infini dont je n'avais jamais voulu mesurer l'ampleur, des amis longue portée. Des amis ? Tu parles ! Elle avait déniché quelqu'un qui connaissait quelqu'un dont on pouvait sous-louer l'appartement, même arrondissement, c'était parfait. Il ne serait pas dit que j'errerais sous les ponts. Mylène et sa science de l'étrier. Je pouvais dire merci. Après…

Ce matin-là, mon éviction prenait presque des allures joyeuses de grand nettoyage de printemps. On virait les encombrants. Mylène voulait une journée pacifique, digne de ce soleil comme seuls les samedis de septembre savent en donner. L'ami Bertrand avait emprunté l'utilitaire de sa boîte pour ne faire qu'un voyage. Au bout d'une demi-heure, nous nous sommes regardés lui et moi avant de rire bêtement.

— Ta Golf aurait suffi !

À l'étage, Julie enchaînait les cafés et interrompait sa conversation avec Mylène dès qu'elle entendait nos pas dans l'escalier. L'ascenseur n'avait toujours pas été réparé. Ce n'était plus mon problème désormais. Vraiment, il n'y avait que Julie pour vivre en tension ce moment désinvolte. Les enfants s'étaient entendus pour un énième épisode de Tintin à la télé. Plus tard dans la journée, il était prévu qu'ils aillent boire un thé et jouer avec les moineaux à la grande mosquée, avec maman. Je m'entendais encore bien avec Bertrand. Avec Mylène, une étrange complicité passait de bras en bras avec les cartons qu'elle s'était appliquée à remplir méthodiquement puis à refermer. Elle avait tenu à terminer elle-même cette tâche, notre amour. Là où j'allais, je ne serais pas perdu. Elle était à jamais de mon clan, de mon sang, mais elle avait juste basculé d'un cran, irrémédiablement. Elle m'a souri et j'ai vraiment compris que c'était fini.

J'ai tout laissé intact dans l'appartement chez nous, mes bibelots, les deux ou trois meubles de famille. Il s'agissait de tout reprendre à zéro, ailleurs, à trois stations de métro plus exactement. Nous avions un peu discuté la chose avec Mylène devant un café, des paroles désincarnées, pratiques. Je ne voulais rien enlever des repères des enfants. Ce qu'on peut s'attacher à ce genre de détail quand l'essentiel fait défaut.

Je me suis retrouvé dans mon trente-huit mètres carrés, une chambre pour les enfants, avec mes piles de bouquins scolaires, mon ordinateur, trois romans de plage et mon dinosaure en kit. Armelle était passée dans la soirée pour faire le tour du propriétaire, un carton de courses pour la semaine.

— Le type de l'agence a déjà quelqu'un pour la cabane. Tu vois, ça n'a pas traîné.

— À nous la fortune !

— Et pour en faire quoi…

Devant son thé, Armelle attendait que je lui raconte le fin mot de ce naufrage dont les raisons lui échappaient. Nous étions à confesse, je grignotais sans faim. Je pense même que mes explications l'auraient plus blessée que réconfortée. Elle n'avait qu'à faire appel à ses souvenirs.

Les premiers soirs, j'attendais durant des heures que mon nouveau portable sonne. Je n'avais déballé des cartons que le strict nécessaire et les livreurs de pizzas ne sont jamais très bavards. Par terre devant mon ordinateur, j'entamais le décompte des pires moments de ma vie.

À l'approche des vacances de Toussaint, un rythme s'est à peu près calé. Le jeudi ou le vendredi en fin d'après-midi, il m'arrivait d'emmener Louis à la piscine vieillotte de la Butte-aux-Cailles. Mylène ne commentait plus, ça n'avait plus aucune valeur symbolique à ses yeux. À bientôt dix ans, le corps de Louis laisse deviner la musculature longiligne d'un homme tendu et svelte. De nos deux enfants, il est celui dont les traits gardent le mieux l'empreinte de leur mère. Un garçon fait pour l'eau, l'eau qui ne semblait offrir aucune résistance à son corps. Il rechignait toujours un peu dans les vestiaires, puis l'eau l'absorbait et Louis disparaissait pour presque une heure de longueurs sans efforts. Moi, je brassais la surface de temps à autre pour me réchauffer avant de reprendre appui sur les coudes pour contempler le meilleur de moi-même, un fils tout à sa nage, et me laisser bercer par les remous de son sillon.

— Super, Loulou !

Tout autour de moi, d'autres pères, nettement plus athlétiques. Une vérité ancienne m'était remontée un de ces jeudis depuis mon observatoire de faïence, un mystère à creuser. Contrairement à la mer, chacun à la piscine nage pour soi.

J'avais juré de ne plus me laisser envahir par la plage. Seulement, au bord du bassin de la Butte-aux-Cailles, je sentais toujours comme du sable sous ma paume. Je repensais à cet été lancinant où papa avait pu nous rejoindre, avant de disparaître pour de bon. Il avait semblé ne pas en revenir lui-même d'être là, avec nous, avec ses enfants, des géants. J'allais avoir neuf ans, un corps mou, imprécis. Il était resté désarmé pendant des heures devant la pelouse morte. Une saleté bourdonnait à la cabane de Bois-Plage depuis son arrivée, un mauvais sort faussait l'ordre sommaire du monde. Tout s'était joué dans l'affecté : les repas du patriarche, les siestes en alternance, les bains à marée basse, les sons nocturnes dans le salon. L'après-midi sur la plage, mon père avait creusé avec moi le sable avec ses apnées d'homme de force ; il avait déblayé et charrié des quantités impressionnantes de sable avec ses mains-outils. Il soufflait de temps à autre comme un cétacé à la surface et se taisait et la besogne avançait. Il ne m'avait pas laissé le temps de réfléchir au plan de notre forteresse inédite, il avait les siens. À peine ému, déjà fini. Papa avait rejoint le grand drap de bain tabac, presque double, et avait versé sur le flanc. Il avait regardé faire les autres hommes.

Une de nos dernières sorties alors que je divaguais encore, Louis s'était soudain accroché à mon bras pour une tendresse rare et, une fois de plus, je m'étais juré de ne plus jamais me laisser hanter par le sable.

Dans le vestiaire, je tentais de parler à Louis, de sonder ce que son enfance jugeait de moi.

— Tu sais, c'est bientôt les vacances. Je crois que vous irez à la mer avec Armelle.

— Encore ?

— Tu comprends, rien n'est vraiment décidé, surtout pour les vacances. Tu l'aimes bien Armelle, non ?

— Vous avez vraiment besoin qu'on vous dise quoi faire de nous ?

J'avais passé toutes les premières années de l'éducation de Louis à m'appliquer. Je ne voulais pas manquer le rendez-vous des pères. Un monde à inventer pour moi. Chaque parole que nous avions échangée ensemble me délestait d'un poids immense. À chaque âge de sa petite vie, ma victoire. Il grandirait et je gagnerais en naturel. C'était certain, je deviendrais un jour ce père léger mais nécessaire, liseur d'histoires, colleur d'images, gratteur de croûtes, veilleur de nuits. Je m'étais inventé une figurine d'album à découper, un père à la colle forte.

Vendredi avant leur départ pour Saint-Jean-de-Monts, j'avais déposé Louis au bas de l'immeuble en constatant que j'avais oublié de lui faire mettre un bonnet sur ses cheveux humides. Instantanément, ça a dressé les cinq millions de poils de mon corps.

— Embrasse maman.

Juste avant la rentrée de septembre, Mylène était revenue de son séminaire. Je m'étais préparé longtemps, repassant mon texte tard dans la nuit depuis le lundi. Je me sentais prêt. Je n'avais revu personne si ce n'est Armelle. Bertrand faisait le mort, je n'avais pas voulu répondre à Bene, à trois reprises.

Quinze fois j'avais préparé ce que j'allais dire à Mylène, répété ma tirade. Tout était pesé, nous serions assis côte à côte sur le canapé rouge du salon, j'aurais fait du thé, pour une fois. Dans ma scène, je lui jurais que j'étais revenu pour de bon, que la cabane avait déjà disparu de mon esprit, de ma mémoire même, que rien ne me retenait plus à Bois-Plage, personne. Nous irions désormais où elle voudrait et plus jamais en Ré. J'avais traversé une épreuve nécessaire, c'en était presque héroïque, celle de me mesurer à l'immensité de mon égoïsme et de constater mon échec, ma totale impuissance, sans elle, sans eux. Je me sentais comme lavé d'une faute ancienne qui avait si longtemps pollué nos jours. Notre amour en avait été vraiment secoué, je le savais, mais il allait renaître. Celui que nous voulions construire depuis notre première nuit, elle se souviendrait, il restait de la matière, il restait tellement d'envie. Refaire un enfant, en adopter un ? C'était une vraie question ouverte !

Moi, je n'irais jamais lui dire que j'avais changé, comme le font tous ces misérables. Non, j'avais simplement achevé une besogne mal terminée, j'étais sorti des sables, j'avais tué mes doubles et j'étais né à elle pour de bon. Alors oui, c'était bien moi qui revenais aujourd'hui, vraiment moi.

— Écoute, Greg, écoute-moi pour une fois. Moi j'ai fait le plus difficile pour nous deux, j'ai cessé de nous protéger malgré nous de la solitude. Aujourd'hui c'est moi qui arrête tout. Je n'ai pas peur de ce qui va suivre parce que j'ai raison. J'ai raison pour nous et pour nos enfants…

Nous étions assis sur le canapé comme à chacune de nos confessions, comme lorsqu'elle n'avait pas compris ce qui m'effrayait tant dans la venue de Rose, nous l'avions si longtemps désirée, nous en avions vraiment souffert, ensemble. Elle se demandait chaque jour ce qui m'avait fait m'éloigner physiquement d'elle, retenir mes prévenances, mon attention ne venait pas. Je n'avais pas su quoi répondre à l'époque. Et maintenant, c'était pire.

J'ai cherché à rire, à me décaler d'un cran, je voulais ironiser, un coup de coude, un baiser fou pour repartir en contre. Je me suis écrasé dans le coussin. Le thé refroidissait.

— Alors voilà. Maintenant, on va avant tout se montrer intelligents.

J'ai vu défiler un tas d'informations très sûres, les clés d'un appartement dont elle avait déjà réglé le mois de septembre, un digicode, la carte d'une consœur avocate de confiance, un rendez-vous samedi neuf heures avec Bertrand pour le déménagement. Mylène posait des mots graves et méthodiques sur une réorganisation de l'univers menée de longue date, août ? Sa voix n'était altérée d'aucune émotion particulière, le temps avait déjà œuvré. Un moment, je me suis mis à la regarder comme elle parlait penchée sur un imprimé ; elle était simplement belle parce qu'elle était en paix, en paix comme je ne l'avais jamais vue, magnifique. La douleur est immédiatement entrée en moi comme un poison.

Composition et mise en page

NORD COMPO
multimédia

Cet ouvrage a été imprimé
en juin 2012 par

CPI

FIRMIN-DIDOT

27650 Mesnil-sur-l'Estrée
N° d'édition : L.01ELJN000487.N001
N° d'impression : 113010
Dépôt légal : septembre 2012

Imprimé en France